PURVA GROVER

Anlamadığım birçok şey arasında, çoğu kadınsı

Tüm küresel yayın hakları
Ukiyoto Publishing
2023 yılında yayınlandı

İçerik ve Tasarım Telif Hakkı © **Purva Grover**
Kitap Düzeni ve Kapak Tasarımı **Dolly Jain**

ISBN - 9789359205502

Tüm hakları saklıdır.
Bu yayının hiçbir bölümü, yayıncının önceden izni olmaksızın, elektronik, mekanik, fotokopi, kayıt veya başka bir yolla herhangi bir biçimde çoğaltılamaz, iletilemez veya bir erişim sisteminde saklanamaz.

Yazarın manevi hakları ileri sürülmüştür.

Bu kitap, yayıncının önceden izni olmaksızın, yayınlandığı tarihten başka herhangi bir bağlayıcı veya kapak biçiminde, ticari veya başka bir şekilde ödünç verilmemesi, yeniden satılmaması, kiraya verilmemesi veya başka bir şekilde dağıtılmaması koşuluyla satılır.

www.ukiyoto.com

Ayrıca Purva Grover tarafından

The Trees Told Me So
It was the year 2020

Yazar Hakkında

PURVA GROVER ÇOK satan bir yazar, uluslararası gazeteci ve editör, TEDx Konuşmacısı, ödüllü oyun yazarı ve sahne yönetmeni, yayınlanmış şair, hikaye anlatıcısı, sözlü kelime sanatçısı ve yaratıcı girişimcidir. Hintli gurbetçiler için dijital bir dergi olan *The Indian Trumpet* ın kurucusu-editörüdür. Yazar olarak ilk çıkışını *The Trees Told Me So* (2017) ile yaptı; Kısa öykülerden oluşan bir kitap, dürüst bir sesle aşk, yaşam ve kaybın dokunaklı bir resmini çiziyor. İkinci şampiyonluğu, *It was the year 2020* (2021); Gerçek zamanlı olarak geçen parçalı bir roman, pandemiden bahsetmeye cesaret ediyor, hayatımızı ele geçirmeyi bekliyor ya da ondan geriye ne kadar az şey kaldıysa. Kitle iletişimi ve edebiyat alanında yüksek lisans derecesi ile destekleniyor ve en sevdiği kelimeyi keşfetmek için masallar yazma fikrine bağımlı. 2021 yılında, yazar olarak Kültür ve Sanat İnsanlarından Yaratıcılar Sınıfı kategorisi altında on yıl boyunca BAE Altın Vizesi (dünyadaki ilk kültür vizesi) aldı. Renkli-kaotik Hindistan'da doğup büyüdü, İngilizce yazıyor ve Dubai, BAE'de yaşıyor.

purvagrover.com
Facebook: @groverpurva
Twitter: @purvagrover
Instagram: @purvagr

Yazarın Notu

KOLLARINIZI VE BACAKLARINIZI ve hatta aşağıyi balmumu yapın. Sütyen giyin. Bir döneminiz olsun.
Nazikçe ve tutkuyla öpün. Gri telleri örtün.
Bir gözyaşı dökün. Kalbinizin kırılmasını izleyin. Bitter bir çikolata yiyin.
Pembe giyin. Fuşya ve macenta arasındaki farkı bilin.
Düşünün bebekler. Topuklu ayakkabılarla yürümeyi öğrenin.
Çok çalışın, kariyer yapın. Ev ve iş arasında denge kurmayı öğrenin.
Kötü bir saç gününü düzeltin. Cilt tipinizi bilin.
İnç üzerinde takıntılı, kaybolmuş ve kazanılmış. Kız arkadaşlarına güven.
Düzgün oturun. Dikkatlice bükün. Kibarca konuşun.
Bir Cosmopolitan, clink şarap kadehleri sipariş edin.
Zenginleşin. Terfi edin. Kariyer basamaklarını tırmanın.
Bir pislikle, her şeyden vazgeçin.
Öncelik verin. Evinizin ve ailenizin size ihtiyacı var.
Profesyonel büyüme bekleyebilir.
Ad. Soyadı. Değiştirin, kabul edin.
Ya da saklayın. 'Kuralları' yıkın.
Dikkatli bir şekilde flört et. Aşık olmak. Evlenmek.
Selülit. Karat. Kalori.
Eski dosyalarla ilgilenin, doğru kutuları işaretleyin.
Chugging biralarına veya maltların tadını çıkarmaya direnin.
Anne olmaktan asla şikayet etmeyin.

Yargıla, yargılan.
Kayınvalideleri kucaklayın. Şikayet etmeyin.
Güçlü kalın. Zayıflığınızı göstermekten korkmayın.
Erkek arkadaşların ve patronların üstesinden gel.
Bir spinster olmaktan utanın.
Kendiniz için konuşun. Ne zaman sessiz kalacağınızı bilin.
İyi görün, makyaj yap.
Sshh... Kimsenin giyinmek için çaba harcadığınızı bilmesine izin vermeyin.
Yaşınızı giydirin. İçinizdeki çocuğu uyandırın.
Sigara içmeyin veya hile yapmayın.
Affet ve unut.
Tırnak boyası giyin. Yaşlanma konusunda özür dileyin.
Bir eşarbı nasıl örteceğinizi öğrenin. Ne zaman etek giymemeniz gerektiğini bilin.
Patlamış bir lastiği nasıl tamir edeceğinizi bilin. Arabanın kapısını senin için açan adamı sev.
Erkeklerle yarışın. Eşit olduğunuzu bilmelerini sağlayarak egolarını incitmeyin.
Tüm kızlardan oluşan bir tatile çıkın. İçki iç, alışveriş, parti. Bunu bir sır olarak saklayın.
Bir kahraman olmaya çalışmayı bırakın.
Bir süper kadın, bir süper anne ol.
Çamaşırları yıkayın.
Keşfetmek, büyümek için kendinize izin verin.
Asla pes etmeyin. Devam et.
Gözyaşı dökün. İyi yemekler pişirin. Her aile üyesinin sağlığına dikkat edin.
İzin alın.
Başkalarına katılmak için yemeklerinizi atlayın.
Kilo. Boyut. Durmadan endişelenin.
Desenleri takip edin. Beklentileri karşılayın.

Hanımefendi olun. Düzgün bir kadın ol.
Ve tüm bunların arasında, daha bilge ortaya çıkın.

Anlamadığım birçok şey arasında, çoğu kadınsı.
On yıllar boyunca, kadınlara aynı s**t söylendi ve satıldı. Bu çalışma, beslendiğimiz ve beslendiğimiz gevezeliğin yazılı bir uzantısıdır. Herhangi bir noktayı birleştirme girişimi değildir.

Konuları tanıdığım kadınlar. Bu saf bir tesadüf değil, saf niyet durumudur. İçecekler, uzun mesafeli telefon görüşmeleri veya su soğutucuları ile dalga geçmeyi düşünmediğiniz sürece bu yazı parçasına hiçbir araştırma yapılmamıştır. Bana güvenen veya kendimi utandıran bireyleri ifşa etmek istemiyorum, bu yüzden gerçek hayatlardan büyük ölçüde ilham alan bir kurgu eseri olduğunu belirtmek isterim. Kendim hakkında konuştuğumda bile, hatırlayın, sadece bazı şeyler uyduruyor olabilirim. Sonuçta ben bir hikaye anlatıcısıyım.

Onu okumak sizi daha bilge yapmaz, çünkü onu yazmanın benim üzerimde böyle bir etkisi olmadı. İlerleyen sayfalarda sütyen yakma konuları tartışılmayacaktır, çünkü bunun yeri burası değildir ve buna saygı duymamız gerekir. Kolayca rahatsız olursanız veya istenmeyen tavsiyelerden hoşlanmazsanız, şimdi kitabı bırakmanın zamanı geldi. Geri kalanınız, bana katılın. Benimle acı çekmeni umuyorum.

Ben komik bir insan değilim, bu yüzden senaryonun bazı bölümlerini gülmeye değer bulursanız, bu sizin mizah anlayışınızdır, benim değil. Hayatlarınızda hiçbir fark yaratmamayı umuyorum. Eğer bir şeyi öğrenir veya unutursanız, beni bundan sorumlu tutmayın.

Gözlemlemekten, özümsemekten, yargılamaktan ve karşılaştırmaktan çekinmeyin. Ya da değil.

*Tanıdığım,
tanıdığım ve tanıyacağım tüm kadınlara*

Nasıl ~~okunur~~ bu kitabı kullanın.

SADECE KOLAYLIK SAĞLAMAK adina, isterseniz buna bir kitap, etkileşimli bir çalışma kitabı diyelim. Bununla çalışmanı istiyorum. Okudukça, tırnak işaretleri, kutu çıkışları, yan çubuklar, tampon çıkartmaları, çizgili çizgiler ve daha fazlası gibi öğelerin bolluğunu fark edeceksiniz. Bu, tasarım becerilerini sergileme veya öne çıkma girişimi değildir. Daha ziyade, elinizde kalıcı bir işaretleyici ile sonraki sayfaları okumanız ve burada izinizi bırakmanız için bir davettir. Delikli izleri olan levhalar da vardır, yırtılır ve saklanır.

Sadece bu kitabın sonuna geldiğinizde köpek kulaklı olmasını umabilirim. Yağ lekeleri, tırnak boyası lekeleri ve kahve lekeleri ile noktalanmış sayfaları dört gözle bekliyorum.

Ona kötü davranın, mümkün olduğunca ve ne zaman elinizden geldiğince ona ulaşın. Size uygun bir hızda ve programınıza uygun bir şekilde okuyun.

Burada ve orada, boş bırakılmış birkaç sayfa bulacaksınız. Bunlar tam size göre. Bunları kullanın. Duygularınızı alana yazmaktan veya alışveriş listesine not almaktan çekinmeyin. Doodle uzakta. Çoğunuzun çok görevli olduğunu biliyorum, bu yüzden bir dakika içinde gelecek haftaki toplantı için nasıl endişelendiğinizi karalarsanız, bir sonraki dakika dün eski sevgilinize nasıl rastladığınızı hatırlarsanız ve sonra sivilce için ev ilaçları hakkında notlar almaya başlarsanız umurumda olmayacağım. Aynı şekilde, umarım belirli bir duygu fışkırmasından hormonlarınkine atlamama aldırış etmezsiniz. Lütfen işbirliği yapın. Hayat yoluna giriyor ve hala neyin önemli olduğunu anlamaya çalışıyorum - aşk, çamaşır yıkama veya dersler. Ve bildiğimiz gibi hayat, bir kalıbı veya sırayı takip etmez ve buna ihtiyaç duymaz.

Herhangi bir anda, bir kadın olarak, bir birey olarak sizin için önemli olan bazı konuları ele almadığımı düşünüyorsanız, o zaman evet, haklısınız. Burada söylenmemiş, ortaya çıkarılmamış çok şey var. Ama sonra, hadi, bir kadının yapabileceği çok şey var. Sağ? Eh, bu bir proje içi çalışmadır. Bu kitap, bizim gibi, kadınlığın yönlerini keşfediyor. Öyleyse, başlangıçta buna karar verelim. Ayrıca, bir devam filmi üzerinde çalışacağım. Devam ettikçe aynı fikirde olmamayı da kabul edelim. Görüşlerinize ve duygularınıza değer veriyorum ve umarım benimkine ve bana güvenenlere değer verebilirsiniz.

Ayrıca, ben konuşurken, işte bir rica: Bu kitabı ödünç vermeyin (ödünç almayın). Bir kopyasını satın alın veya bir başkasına hediye edin. Birbirimize destek olalım. Ayrıca, yayıncıyı mutlu edecektir. Ama çoğunlukla, siyah nokta giderme tedavisi için ödeme yapmama yardımcı olacaktır. Ve bunun bizim için ne kadar önemli olduğunu ve zaman zaman muadilleriyle, beyaz kafalılarla da nasıl başa çıkmamız gerektiğini biliyorsunuz.

Kısacası, umarım bir satın alma işlemi yaparsınız (yapmışsınızdır) ve başkalarını da bunu yapmaya teşvik edersiniz.

İçeriği

Çocuklar dışarıda. Bok. 15
pırasaların. Eeeks. 20
Öpücüğün yaşam döngüsü ve nasıl evrimleştiğimiz (başarısız olduğumuz). 26
Kalk. O kanepeden. 39
Aşkla, eski için. 47
Yaşlanmak, yaşlanmak sorun değil. 55
Kimse yaşlı bir gelin istemez. 61
"Doğru yaş" nedir? 65
Kurgu bile size teselli getiremez. 69
Bu bir saçmalık. 71
Yaşlandığımda. 73
Yaşlandığımda. 75
Bir koca kişi yapardı. Teşekkür ederim, lütfen. 77
Kendini adamış insanların öpüşmesi, ayakkabı bağcıklarını bağlama eylemi gibidir. 81
Umarım cevaplara sahipsinizdir. 85
Umarım sizin için doğru olan bir cevap bulursunuz. 87
Dünya *yağa aittir*. 93

Şişman gelinler GÜZELDİR. 99
Sen sütyensin, sütyen sensin. 101
Hayır lütfen, bunun yerine ızgara ekmek kızartma makinesini tercih ederim. 111
Erkekler sütyenler, göğüsler hakkında ne biliyor? Hiç. 115
Yeterli. Avukatı arayın. 117
Yünlüleri silin. 123
Hayır, bu kurtuluşla ilgili değil. Yuck. 135
Bir köpeğim var. 137
Suçluluk duygusu birbirimizi tuzağa düşürelim. 143
Çünkü anne olmayan birinin duyulması gerekir. 147
Çünkü bir annenin duyulması gerekir. 159
Çoğunlukla sırları saklarlar. 173
Sonsuza dek kız arkadaşım. 175
Manastır eğitimli kız arkadaşlarım. 177
En iyi arkadaşın, hadi ona BFF'n diyelim. 179
Spagetti vs. Boşanma. 181
Spagetti yine de çok önemlidir. 185
Üzgünüm. 187
Yakalandık. 193
Yağlı T-bölgesi. 197
Geri dönüşü olmayan nokta. Hadi #beginagain 199
Yaparım. 203
Devam etmek için, size doğru. 209

Çocuklar dışarıda. Bok.

(Ve bu konuda HİÇBİR ŞEY yapamayız.)

YEDİ YAŞINDASIN. SEN akıllısın. Çocukların dışarıda olduğunu biliyorsun (Annenin-babanın düşündüğünden daha akıllısın). Her yerde gibiler: sınıflarda, evlerde, parklarda ve alışveriş merkezlerinde. Pantolonunuza girmek istiyorlar ama siz bunu henüz bilmiyorsunuz. Domuz kuyruklarınızı çekmek, şekerlerinizi çalmak ve pantolonla kaka yapmakla ilgili kirli şakalar yapmak istiyorlar. Bu konuda hiçbir şey yapamazsınız. Alanı onlarla, banklarda, salıncaklarda paylaşmalısınız. Onları doğum günü partilerinize davet etmelisiniz. Her şeyi mahvedecekler, pembe balonları patlatacaklar ve eğlenceli olarak adlandıracaklar ve pembe flamaları da dolaştıracaklar.

Yalnız kalmak, huzur içinde somurtmak istiyorsun.

***

Kız kardeşim ve ben teyzemizin evindeyiz. 6 ve 3 yaşındaki kız kuzenlerimizle oynuyoruz. Kız kardeşim en zeki, o 10 yaşında. Bizim bebek evi zamanımız. Barbie bebeklerimizden üçü (Doktor Barbie, Moda Barbie ve Doğum Günü Barbie) ikindi çayının tadını çıkarıyor. Beyaz bir masa ve çiçeklerle bezeli bir koltuk takımı vardır. Koltuk takımının yanında Ken var. "O Barbie'nin erkek arkadaşı," diyor ziyarete gelen 13 yaşındaki bir aile dostu. O en aptal.

Ken, Barbie'den daha uzun boylu ve beyaz pantolonla eşleştirilmiş net mavi bir gömlek giyiyor. "O yakışıklı," diyor 13 yaşındaki aptal çocuk. Ken'in saçları kısa ve gerçek dışıdır. Hepsi plastik, yapışkan, Barbie'lerin aksine ipek gibi akan ve hissettiren ve şekillendirilebilen bir şey. Ken'i oyuncak bebek evinde istemiyoruz. O BIR OYUNCAK BEBEK BILE DEĞIL! Güzel ve şık olan her şeyin arasında, ağrılı bir başparmak.

"Ama hoş bir gülümsemesi var," diyor aptal 13.

Böylece, Ken bebek evinde yaşamaya başlar, o şimdi oyun zamanınızın bir parçası. Bu konuda hiçbir şey yapamazsınız. Oynayacak net bir rolü yok ama var. Bazen, Barbie'yi spaya bırakabilir veya çalışabilir ve gününün nasıl geçtiğini dinleyebilir. Bu kadar.

Barbie'nin neden bir erkek arkadaşa ihtiyacı var? Bize sahip, başka Barbie'leri var.

"Güzel bir gülümsemesi var." Bok.

Endişelenmeye başlıyorum. Ya kız kardeşim anne-babadan doğum gününde bir Ken isterse?

Bunun yerine, Barbie için bir duş seti ister. Ben onun kaptanıyım, o ve ben birlikte oynuyoruz. O en zekisidir.

ÇOCUKLAR DIŞARIDA. BOK.

***

Çocuklar dışarıda ama onlara ihtiyacımız yok. Henüz değil. Yakında neye gireceğimiz hakkında hiçbir fikrimiz yok. Çocukların sadece parklara ve okullara değil, aynı zamanda bebek evlerimize, kalplerimize ve yaşamlarımıza da gireceğini bilmiyoruz. Hiçbir şey bilmiyoruz.

Mutluluğum *kısa ömürlü*. Ablam büyüyor, evleniyor. Ken'ini bulur. Birkaç yıl sonra düğümü de bağladım. Hiçbir şey bilmiyoruz.

Bu bir büyüdür, kaçış yoktur.

Çocuklar dışarıda. Bok.

İnanmadığımız şeyler.
Eğitim.

İnandığımız şeyler.
PMS.

Onlara inanmamızı isteyen şeyler.
Dönem İzleyici Uygulamaları.
Kendinize not: Onları asla indirmeyin,
güvenilmezdirler.

Bizi devam ettiren şeyler.
Çok, çok sayıda kız arkadaş hikayesi.
"Seni anlıyorum, kızım. Ben yaparım."

pırasaların. Eeeks.

ALTINCI SINIFINIZDA, SICAK bir yaz öğleden sonrasında, okuldan dönerken.

Değiştirmek için tuvalete gidiyorsunuz ve kendinizi kan lekeli bir üniforma ile yüz yüze buluyorsunuz. Çığlık atmıyorsun ya da bağırmıyorsun. Şaşırtıcı bir şekilde, korkmuyorsunuz bile. Kan, eteğinizi, iç çamaşırınızı mahvetti. Ama seni öldürmek için yeterince döküldüğünü hissetmiyorsun.

Ölmüyorsun, bundan eminsin.
Okulda bıçaklandığınızı hatırlarsınız.

Tam olarak nereden kanadığınızı merak ederken kendinizi temizlersiniz. Onun senin olduğu sonucuna varıyorsun, bu yüzden onu da temizliyorsun.

Bir çift şort giyersiniz, öğleden sonra rutininize devam edersiniz. Yemek yiyin, televizyon izleyin, ödev yapın ve uyuyun. Uyandığınızda, altındaki çarşafın kan lekeleri olduğunu fark edersiniz. Şimdi endişelendiğiniz zamandır. Panik belirtisi yok, hala.

Neredeyse gidip oynamanın zamanı geldi. Şortunuzu, serserinizi ve çarşafınızı temizlemelisiniz. Geç kalacaksınız.

PIRASALARIN. EEEKS.

İnsanlar öldüklerinde belki de ağızlarından kan tükürürler. Serserileri sızmaz.

Tam o sırada annem içeri giriyor. Şaşırtıcı bir şekilde, o bile çığlık atmıyor ya da bağırmıyor. Sakin tepkisi, başından beri haklı olduğunuzu doğruluyor.

Çok fazla bilgi vermiyor. Çok fazla bir şey sormuyorsunuz.

Özel şeyler, belirli organlar, bazı fonksiyonlar hakkında sıfır merak ifade etmek içinize işlemiştir.

Sesi yatıştırıcı. Normal, aylık, rutin ve normal gibi kelimeler kullanıyor. Kesinlikle hiçbir şey anlamıyorsunuz.

"Karnının ağrıyor mu yoksa söyle bana," diyor.

Dolabından bir paket çıkarır ve size *yastıklı* dikdörtgen bir parça verir; köpük, ağ ve kumaşın bir geçişine benziyor.

İki ucundan açarsınız, yapışkan banttan kurtulursunuz ve iç çamaşırınıza yerleştirirsiniz. Buna hijyenik ped diyor. Ayrıca size artık bir yetişkin olduğunuzu söylüyor.

Dün akşam yemeğini bitirdiğinde sana da yetişkin demişti. Bundan bir hafta önce de, mikrodalgayı denetimsiz kullandığınızda. Ve bundan bir ay önce ekmek, yumurta ve ketçap almak için pazara gitmeyi teklif ettiğinde. Bu büyüyen iş hakkında kafanız karışık.

Bir *şey* şimdi kıllı bacaklarınızın arasında oturuyor. Bir yatak gibi hissediyor. Kana batırılacak. KAN! Neden kanıyorsun?

○

Rahatsızsınız, bacaklarınızı değiştiriyorsunuz. Annem çarşafların sorumluluğunu üstlenir.

"*Bir şeyi* atıp geri dönüp giyeceğim!" diyorsun anneme.

O *doldurma* ile bisiklete binmenizi bekleyemez!

"Hayır!"

Bu günün en kötü haberi değil. Bu henüz gelmedi.

Birkaç dakika sonra mideniz hırlamaya başlar, bir pincushion gibi hisseder.

Geceleri, yatakta sıcak su şişesi ile oturuyorsunuz.

"Onu her yerde giymelisin - okula, oyun alanına ve eve. Önümüzdeki beş gün boyunca." Bilgilendirilirsiniz.

Kalbiniz kırılmış, rahatsız ve kafanız karışık. Acı çekiyorsun.

Neden sorularınıza cevap yok?

Beklemek. Ne soracağınızı bile bilmiyorsunuz.

Birkaç saat geçer ve annem geri döner, bu sefer eski yatağı yenisiyle değiştirmenizi hatırlatır. Paket şimdi dolabınıza yerleştirilir.

İğreniyorsun. Acımak.

Annem sana sarılıyor, "Her şey yoluna girecek."

PIRASALARIN. EEEKS.

Ama neden kanıyorsun?

Acıya katlanın, bu şeyi giyin.

Her ay beş gün boyunca.

Annem şaka yapıyor olmalı.
Ona sırtından sarılıyorsun.

Ertesi gün okulda, annenin şakasını kız arkadaşlarınla paylaşırsın.

Sadece erkeklerin bunu bilemeyeceğini biliyorsun. Sadece biliyorsun.

Sempati var, kahkaha var. Sorular da. Ama cevap yok.

Ancak, kızlardan biri şakayı reddeder ve ona bir isim verir: Dönemler.
Sen artık bir yetişkinsin.

Yetişkinler kanıyor.

> Ben aşağıdayım. Sabahın erken saatlerinde, adamım.
> Karnım iki gün önce ağrımaya başladı, bu yüzden yarına kadar aşağı inmeliyim.
> Hey, üzerinde bir ped var mı?
> Aşağıdayım... bu yüzden odaklanamıyorum!
> Ve bugün beyaz pantolon giyiyorum, ne zamanlaması!!
> Ağrı kesen. Sıcak su şişesi. Çorba. Yapılmış.
> Pille çalışan küçük bir fana ihtiyacınız var. Tüm yaşlı menopozal bayanlar var.
>
> (Kız arkadaşlarla yapılan WhatsApp konuşmalarından kopyalanıp yapıştırılmış)

Önümüzdeki birkaç ayı inkar ederek geçiriyorsunuz, bunun duracağını umuyorsunuz. Durmuyor.

Bu gerçekleştiğinde, doğal olmayan bir şekilde, iç çamaşırınızı tamamen yabancı birinin önünde çıkarmanız ve onun (veya onun) bir göz atmasına ve düzeltmesine izin vermeniz gerekir. Öyle olduğunda, doğal olarak, yaramaz olduğunuz anlamına gelir, siz PREGGERS'sınız!

Durduğunda ve alarm vermediğinde, vajayjay'ınız çok ESKİ demektir! Zamanınız doldu. Garaj resmini şimdi alamazsınız.

"Hayat" ın duraklatma düğmesine basmasını bekleyemezsiniz. Travma, menopoz adı verilen doğal süreç hakkında hiçbir şey bilmiyorsunuz. Temel bilgilerden korunuyorsunuz ve dünyaya da bir isim verildi, tabu.

Aşk.
Aynadaki nesneler göründüklerinden daha yakındır.
(Bir arabanın yan camındaki çıkartmayı okur).

Öpücüğün yaşam döngüsü ve nasıl evrimleştiğimiz (başarısız olduğumuz).

KÜÇÜK KIZLAR ÖPÜCÜKLERLE boğulmaya (çok) itiraz etmezler. (Küçük çocuklar farklıdır, ıslak öpücüklerle, sıkı sarılmalarla sevgi gösterilmemesini tercih ederler.) Dört ya da belki beş yaşına geldiğimizde, ne zaman sorulduğunda, bilinen ve bilinmeyenin yanaklarına öpücükler dikme ve aynı zamanda yanaklarımızı eylem için sunma görevine yatkın hale geliriz. Ve bu oldukça erken ve tehlikeli bir şekilde, öpüşme hakkında her şeyi olmasa da çok şey bildiğimize inanmamızı sağlayabilir. Bunun dışında gerçek anlaşmayı tam olarak bilmiyoruz ve yakın gelecekte de bilmemiz pek mümkün değil.

İlk öpücüğünü hatırlıyor musun? Biliyor musun, seninle onun arasındaki olanı? Tabii ki hayır. Çünkü bu, neden, ne ve nasıl olduğu konusunda bilgisiz olduğunuz bir zamanda meydana geldi. Anaokulunda, belirli bir erkek yürümeye başlayan çocuğun belirli bir kız yürümeye başlayan çocukla

Burası rıza veya enseſt hakkında konuşacak yer değil, buna saygı duyacağız ve küçük hayatlarımızın diğer ayrıntılarına hızla geçeceğiz.

ÖPÜCÜĞÜN YAŞAM DÖNGÜSÜ VE NASIL EVRIMLEŞTIĞIMIZ (BAŞARISIZ OLDUĞUMUZ).

nasıl sevimli göründüğü hakkında şakalar yapmak sevimli kabul edildiğinde, sevgimizi bir öpücükle ifade etmeye teşvik ediliriz; Anı belgelemek için 100 adet fotoğrafa tıklanır. O zaman, evet, belki de ilk öpücüğün, burun akıntısı olan ve 'Ben babamın oğluyum' yazan yeşil renkli bir tişört giyen bir oyun okulu arkadaşınla oldu. Tam orada, tüm sınıf arkadaşlarınızın, öğretmenlerinizin ve ebeveynlerinizin önünde, öpüşürdünüz, gelecek nesiller için yakalanacak bir an. *Onu, adını hatırlıyor musunuz ya da şimdi daha iyi öpüşüp öpmediğini biliyor musunuz?* Hayır? Aw anınızı hatırlamadığınız için kendinizi suçlu hissetmeyin. Eski Polaroidleri çıkarın; İlk öpücüğünüzü orada, parçalanmış bir zarfta veya albümde gizlenmiş olarak bulacaksınız.

aw, özel olan, birincisi, unutulmuş olanı.

Sen ve ağaçta oturan burun akıntısı,
K-I-S-S-I-N-G.
Önce aşk gelir.
Sonra evlilik geliyor.
Sonra bebek arabasında bebek geliyor,
Başparmağını emerek,
Pantolonunu ıslatarak,
Hula, hula dansı yapmak!

"Öpüşmek bize nasıl hissettirmeli?
Hiçbir fikrim yok."

Beklemek. Öpüşmenin bize nasıl hissettirmesi gerekiyor? ~~Sen ve ben~~ Hiçbir fikrimiz yok.

Tabii ki büyümek yardımcı olmuyor. Ne zaman oldu? Beş,

o

yirmi ya da kırk, sadece biraz öğreniriz.

Anneler ve babalar bize günaydın ve iyi geceler öpücüğü verdiklerinde, prens ve prenses arasında paylaşılan öpücükten bahsetmiyorlar. Masallar 'sonsuza dek mutlu yaşadılar' öpücüğüyle sona erer. Evli insanların öpüştükleri hakkında da hiçbir şey bilmiyoruz. Okuldaki büyük kızlar bundan bahsederken kıkırdarlar. Konuşmalarını algılamak için çok genciz, bize öyle söylendi. Ayrıca bir odaya girip büyük kardeşimizi öpüşürken görme talihsizliğiyle de karşı karşıya kalıyoruz! Hayretler içinde izliyoruz ve yakalandığımızda korkudan çığlık atıyoruz. "Annene söyleme" diye tehdit ediliyoruz.

On üç: Daha fazla büyümek sadece kafa karışıklığına, utanca veya her ikisine de katkıda bulunur. Başka ne bekliyordunuz?

Okul otobüsünde, genç sakalını maskeleyen sivilceli bir çocuk ve pantolonundan gevşek bir şekilde sarkan gömleği sağ yanağımıza park ediyor. Havasız bir koçluk dersinde, trigonometriyi anlamak arasında, soluk parça boyaları olan bir adam ve rastgele rozetleri olan bir sırt çantası, gizlice elimize yerleştirir. Bir internet sohbet odasında, 'flörtöz, havalı, yakışıklı, 16' penceremize dudaklara benzeyen emojiler gönderir. Rahat bir okul kamp gecesinde, elinde sigara olan kapüşonlu bir adam, iki deneyimsiz dudak buluştuğunda çadıra gizlice girer. Yarı boş bir sinemada bir film randevusunda, bizi filmin kahramanı olarak kurar.

Ergenlik yıllarımızda tükettiğimiz romantik romanların çoğu, sorunun cevabını ŞİMDİ bulmamız gerektiğini öne sürüyor. Biz genciz. Her şeye cevaplarımız olmalı. Sağ? Bunun dışında yapmıyoruz.

ÖPÜCÜĞÜN YAŞAM DÖNGÜSÜ VE NASIL EVRIMLEŞTIĞIMIZ (BAŞARISIZ OLDUĞUMUZ).

"Öpüşmek bize nasıl hissettirmeli?"

Nasıl hissetmemiz gerekiyor? Büyümüş, yaşlı kuzenlerimiz gibi mi? Ya da utanmış hissedip çarşafların altına saklanıyor musunuz? Kalplerimizin kontrolsüz bir şekilde çırpınmasına neden olmalı mı yoksa taze çileklere benzeyen kızarmamıza mı neden olmalı?

Ürkütücü bir fikrimiz yok.

On beş: Şimdiye kadar, aramızdaki daha zeki olanlar, öpüşmenin kesinlikle sevgiyi ifade etmenin aptalca, en dürüst ve doğal bir yolundan daha fazlası olduğunu fark ettiler.

Terasta. Bir filmin doruk noktasında. Kütüphanedeki büyük kürenin arkasında. Mills &; Boon'un sayfalarında. Düğünlerde. Filmlerde.

Okul oditoryumlarını gözetlemek ve sahne perdelerinin arkasına dudakları kilitlemek sadece merakı arttırır. Fransız öpücüğüyle de tanışıyoruz. Kulağa egzotik geliyor. Dilin kıvrımlarını ve tükürüğün değişimini bilmeden, bir oğlanı, bir Fransız öpücüğünü öpeceğimize söz veriyoruz. Ayrıca, öpüşürken gözlerimizi kapatmamız gerektiğini öğreniriz. Günlerimiz, kadın oyuncunun gözlerini kapattığı ve ayaklarını havaya kaldırdığı film sahneleri etrafında dönen sessiz anlatılarla doludur. Taklit etmeye başlarız, hayal kurarız.

Ancak, gerçek, değerli hiçbir bilgi elde etmiyoruz. Herkes bir şeyler bilirken, hiçbirimiz her şeyi bilmiyoruz.

Yakında büyülü çağa girdik, aah on altı yaşındayız.

Hem öpüldüğümüzde utangaç hissetmek hem de öpülmek

O

istemediğimizde hayır demek konusunda silahsız ve eğitimsiziz, bu tartışmadan kaçınacağız. HÂLÂ! Yine de heyecan verici.

Bitmemiş açıklamalar bizi herhangi bir şeye inandırmak için yeterlidir. 16 yaşında olmanın büyüsü bu.

On sekiz.

Üniversite ile birlikte öpüşme kavramına yeni bir boyut geliyor. Artık arka sıralarda veya spor günü antrenmanları sırasında öpücükler yok. Çok sevimsiz. Sahilde bir dolunay gecesi ya da şenlik ateşinin yanında ay olmayan bir gece yapardı. Yarı pişmiş romantizmlere elveda demenin zamanı geldi. Öpücüğü olduğu gibi tatmanın zamanı geldi. Bir ilişki içinde olmanın zamanı geldi. Aslında, birinde olmak ZORUNLUDUR. Sadece okul üniformalarını değil, aynı zamanda engellemelerimizi de bırakıyoruz.

Lamba direğinin dalgalandığı mahalle şeritlerinde uzun yürüyüşler ruh halini belirleyecekti. Sınıfları bölmek ve Kimya laboratuvarının arkasındaki merdivenlerde oturmak, bir tatil evinde olmaktan daha az görünmüyordu. Üniversite kantininden bir tabak yağlı erişte üzerinde yapılan konuşmalar tadı tanımladı. "Aşk" düşüyorduk, bir öpücüğün her şeye cevap olabileceği fikriyle heyecanlanıyorduk. Sadece ikimiz yan yana oturup kitaplarımıza bakıyoruz ve sevgiyle birbirimizin yanaklarına bir iki öpücük dikiyoruz, gözlerimizin ve ellerimizin buluşmasına izin veriyoruz. Kırık kalpler, masum affetme, daha fazla şans ve ömür boyu vaat isteyen öpücükler üzerinde onarıldı. Her türlü acı ve incinme bir öpücükle yok olurdu. Sınavlardaki düşük puanlar bir öpücüğün ışığında daha parlak görünüyordu, bazen her şeyi unutmamıza neden oluyordu ve diğer zamanlarda bizi daha çok çalışmaya zorluyordu. Kötü saç günleri

ÖPÜCÜĞÜN YAŞAM DÖNGÜSÜ VE NASIL EVRIMLEŞTIĞIMIZ (BAŞARISIZ OLDUĞUMUZ).

bir öpücüğün gölgesinde kayboldu.

Üniversite öpücüklerinde çok şey olur; Gelecekteki kariyer seçimleri ve sıkı ebeveynler tartışılır, yarı zamanlı işler ve makyaj uygulanır, çizburgerler ve korkular paylaşılır, ilk cep telefonları ve sigaralar satın alınır, kabul formları ve yakıt depoları doldurulur.

Daha bilge oluruz (en azından öyle düşünürüz). Bilgelikten, utançtan ya da akran baskısından dolayı, öpücüğün artık çok sıradan olduğunu (ya da en azından şimdiye kadar olması gerektiğini) ve artık konuşulması gerekmediğini tespit ederiz. Sonuçta, 18 yaşındayız!

OMG anlarının tartışılması bizi bu noktaya getirdi ve daha akıllı olanlar S.E.X'e geçerken, hala K.I.S.S.'ye takıntılı olan kaybeden olarak bilinmek istemiyoruz. Şiirin yardımcı olduğu yer burasıdır, romanların arkasına aşk sözcükleri karalarız ya da dolaplarımızda sakladığımız defterlere uzun günlük girişleri yazarız. Ve biz takıntılı tartışmayı gönüllü ve istemsiz olarak bırakırken, şimdiye kadar erkek ya da erkek olarak adlandırılmak isteyen çocuklar devralıyor. Zamanlarını çevrelerinde erkekliklerini şişirmeye ayırırlar, bu tür konuşmaların külçeleri genellikle bize ulaşır, ancak canlı tepkilerimiz öpücüklerin ışığında kaybolur.

Seni bir kahve öpücüğü için dışarı çıkaracağım. Sevgililer Günü öpücüğü. Bana telefonda bir öpücük ver. Hadi öpüşme filmleri için ranza sınıfına girelim. Yeni saç modeli ve elbise öpücüğü. Kitapçı öpücüğünde kitabı arayalım. İlk sürücü öpücüğü. Öpücük Günü öpücüğü.

Artık edebiyat notlarının veya dans partisi davetlerinin değişimi için kasıtlı olarak planlanmış hileli öpücükler istemiyoruz. Şimdi öpüşmek, yakında mezun olacak öpücüğün bir şeye, herhangi bir şeye dönüşmesini izlemektir. Bilgelik böyle görünür, öyle olması gerekir. Tabii ki, bir şeyleri mahvetmeye başlayana kadar, bir kez daha.

Yirmili yaşlarda, ayartmalara düşme yaşı zorunlu hale gelir. Şimdiye kadar bildiğimizi varsaydığımız her şeyi hem öğrenmeye hem de unutmaya başladığımız çağ. Sadece aptal olmayı bırakmıyoruz.

Sayısız kozmopolit üzerinde sarhoş gecelerde, yarın yokmuş gibi öpüşürüz. Tabii ki, şimdiye kadar *Sex and the City'nin* arka arkaya bölümlerini tükettik ve bir kızın içmesi gerekeni bir kızın içmesi gerektiğini öğrendik.

Doğru ya da yanlış yoktur. Son tarihler ve engellemeler yoktur. Biyolojik saatin işlemesinden veya gri bir yelenin ortaya çıkmasından korkmuyoruz. Cildin de fazla çalışmaya ihtiyacı yoktur. Giysiler bizi tanımlamaz, biz onları tanımlarız. Soluk ve yırtık kot pantolonlar ve tişörtlerin yanı sıra pijamalar ve kısa etekler de işe yarar. Aşkı keşfetme çağı, genç aşk; saf, taze ve enerji verici. Sonuçlarını merak etmeden hata yapma çağı. Bu yüzden korkusuzca, koyunca, yaramazca, kurnazca ve sevgiyle öpüşürüz. Hata yaparız; Tadı kötü olan öpücüğü ve aynı zamanda kötü bir tat bırakan öpücüğü öpüyoruz.

Hata yapmak zorundayız, bundan kaçınmamızın ya da kaçınmamızın bir yolu yok. Yanlış insanları yanlış zamanda ve yanlış yerde öpüyoruz. Çünkü sonsuza dek öpücüğün herhangi bir kısayolu yoktur, çok daha sonra öğreneceğimiz bir şey.

ÖPÜCÜĞÜN YAŞAM DÖNGÜSÜ VE NASIL EVRIMLEŞTIĞIMIZ (BAŞARISIZ OLDUĞUMUZ).

Adil, altı metre boyunda bir adamla yetişkin bir öpücük. Alnında kalıcı boncuklar ve koltuk altlarında yarım ay lekeleri ile bolca terliyor. Güçlü bir bisiklet sürüyor ve o ve siz gecenin ortasında uzun yolculuklara çıkıyorsunuz. Aşkınız birkaç hafta sürer. Ona neden aşık olduğunuzu veya neden ondan düştüğünüzü söyleyemezsiniz, ancak hayal kırıklığı yaratacak şekilde onu asla unutamazsınız.

Çünkü öpüşmenin ne demek olduğunu bilerek öptüğün ilk kişi oydu. Kendinizi güçlü, kontrol altında hissettiniz.

Çeteyle birlikte bir arkadaşınızın evinde bir gece uykusunda, kimsenin çarşafların altında öpüştüğünüzü duyamayacağını veya tahmin edemeyeceğini güvenle varsaydınız.

Habersiz bir tavır, kaygısız gençlik, belki de bağımsızlık gibi bir tavır takınan öpücük. Zararsız bir öpücük, gelecekteki vaatlerden ya da küçümseyici bakışlardan kokmuyordu.

20'li yaşlarda, öpüştüğümüzde bunu onun için daha az, bizim için daha çok yaparız. Ve işler dağıldığında, kendimizi de korkunç hissetmeyiz. Öpüşüyoruz ve yolumuza devam ediyoruz.

İçinde olmak için güzel bir çağ.

Buradan daha iyi (veya daha kötü) olacak.

Yirmi beş: Başka bir bölüm yazma zamanı, işyerinde öpücük.

Su soğutucusunun arkasından, işte sulu dedikoduların merkezi olacağımızın tamamen farkında olarak öpüşüyoruz. Bir erik görevi için her şeyi yapacak genç olarak etiketleniriz. Yeni bir favori bulana kadar patronun favorisi oluruz. Bazen kalbimizi kırar, bazen bizi daha güçlü yapar.

İş tecrübesi kazanıyoruz, şüphesiz; Diğer gençler elbette bizden hoşlanmıyor. Yeteneğimiz olmadığını düşünmelerine izin veriyoruz ve bu yüzden çok alçakta durmak zorundayız. Metropol olmayan bir şehirden geliyorsak, kozmopolit kültürle başa çıkamayan küçük kasaba kızı olarak etiketleniriz; değilse, zamanımız için çok moderniz.

Mutlu bir yerdeyiz; Özel olduğumuza inanmak, bazen çekinmek, bazen iş toplantıları sırasında aşırı özgüvenli hissetmek ve zarar görmeden çıkacağımızı varsaymak.

Bazıları ticaretin püf noktalarını öğrendiğimizi düşünüyor; Gerçek şu ki, hem kariyerde hem de ilişkilerde kaybolduk. İnancın ötesinde kafamız karıştı. Daha da kötüsü, birkaçımız kıdemliye, patrona, meslektaşımıza aşık oluruz. Ve işte aşık olmak asla iyi bir fikir değildir, herkes size bunu söyler çünkü bittiğinde kalbi kırar ve CV'ye zarar verir. Ancak devam edene kadar bizi devam ettirir, her sabah uyanmamızı ve söylentilerle, başarısızlıklarla, politikalarla ve baskılarla yüzleşmemizi teşvik eder.

Tabii ki, zamanla küçük kalbimiz hasar görmeye başlar, aptal gözlerimiz bir geleceği görselleştirmeye başlar. Sadece kaçış yok. Kalp de ne kadar alabilir?

Kendimizi, belirli bir kişinin hayatımızın aşkı olabileceğini düşünmeye tehlikeli bir şekilde yakın buluyoruz ve bu bize ilişkideki "erkek" olma cesaretini veriyor. Bunun işe yaramasını istiyoruz ve bunun gerçekleşmesi için her şeyi yaparız.

ÖPÜCÜĞÜN YAŞAM DÖNGÜSÜ VE NASIL EVRIMLEŞTIĞIMIZ (BAŞARISIZ OLDUĞUMUZ).

Dans pistinde, yanaklarımızın fırçalanması için tehlikeli bir şekilde dans etmek. Kontrolsüz bir şekilde hıçkırarak, sadece bir öpücüğün sefalete nasıl son verebileceğini düşündürüyordu. Doğru zamanda omuzdan düşen öpücük uyandıran üstlere ve elbiselere kaymak. Televizyon izlerken ona çok yakın oturmak.

İşte bu kadar. Bu öpücükte çok fazla umut ve vaat var.

Bunun dışında değil.
Yorgun, bıkmış. Bir öpücükle mühüre ne olduğunu merak etmeye başlarız.

Otuz. Veya daha az. Veya daha fazlası.

Çoraplarını yukarı çek ve kendini erkeklere atmayı bırak, bize söylendi. Evlenebilir bir yaşta olamaz ve bilinen, bilinmeyenle öpücük alışverişinde bulunamazsınız. Damat adayı için kendinizi kurtarın.

Etiketlenmiş, çürütülmüş ve sorgulanmış, satır aralarını okuyoruz; Her öpücüğün arkasında bir güdü, bir etiket, bir soru, bir korku, bir umut, bir vaat ve bir rüya vardır. Sevginin basit, mütevazı ifadesi her türlü tonda örtülür.

Tüm bunlar boyunca yolumuzda nasıl manevra yaparız?

~~"Sen ve ben~~ "Hiçbir fikrimiz yok."

Bocalayıp adapte oluyoruz.
Bir insan olarak değişmeye başlarız ya da öpüştüğümüz her erkeğin bizi değiştirmesine izin veririz.

O

Sonunda, her şeyin basitliğini kaçırmaya başladığımızı fark ediyoruz. Geriye dönüp bakıyoruz.
Sen ve ağaçta oturan burun akıntısı,
K-I-S-S-I-N-G.
Önce aşk gelir.
Sonra evlilik geliyor.
Sonra bebek arabasında bebek geliyor,
Başparmağını emerek,
Pantolonunu ıslatarak,
Hula, hula dansı yapmak!

"Öpüşmek bize nasıl hissettirmeli?
Hiçbir fikrim yok."
Ne zaman ve nerede bitiyor?

~~Sen ve ben~~ Hiçbir fikrimiz yok.

Seksi ayartmalar, yanlış kararlar, "gerçek" aşklar, kariyer hamleleri, umutsuz umutlar veya umutsuz önlemler.

Bitmiyor; öğrenme ya da av.

Ve sonra belli bir kişi bize iyi olduğunu, yakında iyi olacağımızı söyler.

"O" ile tanışacaksın. Şehvetli, aptalca öpücüklerle ilgili değil, özen, saygı ve yaşanmış-mutluluk-sonrasını ifade edecek öpücükle ilgili olacak

> Öpüşmemiz için üzerimizde çok fazla baskı var, değil mi? Dergilerin taşıdığı sınavlarda birkaç kutuyu işaretleyin ve zayıf performans gösteren öpüşme benliğinizle yüz yüze geleceksiniz. Kimse bize öpüşmeyi öğretmez, tükürmek gibi kendimiz öğreniriz.

ÖPÜCÜĞÜN YAŞAM DÖNGÜSÜ VE NASIL EVRIMLEŞTIĞIMIZ (BAŞARISIZ OLDUĞUMUZ).

olan "o".

"İyi olacak ve aslında, seni alnından sevgiyle öpmekten mutlu olacak!" Bize söylendi.

Öpücük, alnındaki öpücük? Her şeyin başladığı yer burası değil miydi? Annenin alnımıza diktiği, at kuyruğundaki saçları geri iten iyi geceler öpücüğü?

Belki de bir öpücük, sevgiyi ifade etmenin en dürüst ve doğal yoluydu.

Şimdi bir gelecek var mı?

"Tabii ki. Ancak, umarım bunu hak edecek kadar acı çekmiş ve çok çalışmışsınızdır! Aah, alnındaki öpücük."

Başlangıç çizgisine geri döndük.

Genç öpücüklerini hatırlıyor musun? Saat bardağını çevirip sizi utandıranlara gülmeye ya da kalbinizi kıranlara hıçkırmaya cesaretiniz var mı? Hepimizin bir avuç iyi ve unutulmaz olanla serpiştirilmiş olarak anlatacak kötü öpücük hikayeleri vardır. Evet, size kötü bir öpücük gibi bir şey olmadığını söyleyen kişi yüzünüze yalan söylüyordu.

Kalk. O kanepeden.

O'NU BULMALISIN.

O, sonsuz mutluluk.

Herkes bir kızın hayatının ikiye bölündüğünü biliyor gibi görünüyor: onunla tanışmadan önceki önemsiz kısım ve onunla tanıştıktan sonraki önemli kısım, ikisi arasındaki belirleyici an evlilik. Ve hiç kimse onun nerede olduğu hakkında bir fikre sahip olmasa da, varlığına dair güvence ifade ediyorlar: bu özel, umut verici ve özel peri masalı türü mutluluk için özel bir onu.

O bir gizem ve onu bulmalısın.

Olasılıklar nelerdir? Bilmiyorum. Onun rolü ince havadan görünmek ve büyüsünü değersiz bekar hayatınıza dökmek. Rolünüz tüm enerjinizi onu aramaya yoğunlaştırmaktır, özellikle de evlenebilir yaşın kesişme çizgisine, doğru yaşa doğru hızla ilerliyorsanız.*

Şimdi değilse, o zaman NE ZAMAN?

Öyleyse, onu ŞİMDİ bulalım.

Netlik için madde işaretlerinin yardımını kullanalım.
➤ Nereden bakmaya başlıyorsunuz?

➤ Evlilik portalları yardımcı olacak mı?
➤ Evli arkadaşlarınızın bekar arkadaşları sizinle ilgilenecek mi?
➤ Onu "aramak" için yeterince zaman harcıyor musunuz?
➤ Aşırı eleştirel ve seçici misiniz?
➤ Başkalarının onu bulmanıza yardım etmesine izin veriyor musunuz? Mahalledeki bayanlar ve aile sağlayabilirdi.

Düşündüğünüz kadar kolay olmayacak. Bu aşık olmakla ilgili değil.

Kızım, bir koca için keşif yapıyoruz. "Erkek arkadaş zamanın" bitti. Büyü.

Elveda deyin: Gitar çalan hippi, gözlerinizin içine bakan diş hekimi, bisiklete binen komşu, sandalyeyi sizin için çeken meslektaşınız.

Merhaba deyin: Koca.

Ayrıca, güzel saatlerin, ışıltılı ayakkabıların, temiz tırnakların ve iyi davranışların kafanızı karıştırmasına izin vermeyin. Bir koca için gözcülük yapıyoruz, bir beyefendi için değil.

Gazetelerdeki evlilik ilanlarıyla başlayalım. Her ev 20'li yaşlarında, adil, manastır eğitimli bir kız arıyor.

Çoğu durumda, profiller potansiyel müşterinin ebeveynleri tarafından oluşturulur. Bir adayın potansiyel kayınvalidelerle "sanal buluşma" şansı önlenemez.

KALK. O KANEPEDEN.

Eğitim sistemini mahvedenler için not: Daha fazla manastır açmamız gerekiyor. Aksi takdirde birçok erkeğin hala bekar olması ve hasara neden olması muhtemeldir.

Kağıtlar ölüyor. Ben 16 yıllık deneyime sahip, uzun süredir maaş zammı görmemiş bir basılı gazeteciyim, çünkü elbette gazeteler ölüyor; İK'm da öyle diyor ve *ben buna* güveniyorum. Yani evet, kağıtlar (kendileri ve üçüncü taraflar için) sağlayamadığında, his.com geçin. Kadınların profil resimlerini koymak ve hayali kullanıcı adları kullanmak konusunda isteksiz oldukları bir yer. Erkekler, her şeyi çıplaklaştırıyorlar, gizlilik ve güvenlik ayarlarına inanmıyorlar.

Kutuları işaretleyin. Profiliniz açıldıktan sonra zor kararlar vermek zorunda kalacaksınız. Diğer tüm kutuları işaretlemek ciddi bir iç gözlem gerektirecektir. Ve hepimiz MCQ'ların (Çoktan Seçmeli Sorular) berbat olduğunu biliyoruz.

İçiyor musun?
1. Çoğunlukla ☐
2. Genelde ☐
3. Nadiren ☐
4. Genelde ☐

Dikkatlice seçin. Eve ayık, tüylü veya alkolik bir eşe gelip gelmeyeceğinizi belirleyecektir. Kutularda düşünmek, seçenekleri daraltmaya yardımcı olur. Evet, kategoriler süreci kolaylaştırır, ancak her zaman ideal değildir. Ya et yiyen biri brokoli yiyiciden daha romantikse? Ya dışarıda 29 yaşında (Damadın yaşı: 25-29 yaş arası) birini arıyor olsaydınız ve muhteşem bir 29 ½ yıl artı kaçırmış olsaydınız?

o

Ölçütleri kontrol edin. Hobiler, İkamet Yeri vb. Bunlar değil. Ancak "Yalnızca fotoğraflı profilleri göster" gibi diğer önemli olanlar. Utangaç bir damat istemezsiniz.

Kriterlerinize çok fazla profil uyuyorsa şaşırmayın. Ya da "tipiniz" olmadığını düşünen profiller sizi takip etmek için çok zaman harcıyorsa. Ayakkabı sizin bedeninizde mevcut olmayabilir, ancak o zaman güzel bir ayakkabıdır.

Ayrıca, bırakın (ebeveynler sorumluluk almaktan mutluluk duyacaktır) hiçbir taşı çevrilmemiş bırakmadan. Birkaç bin ila yüz bin arasında değişen paketler için, Evlilik Dernekleri, fotoğraflarının (pasaport ve kartpostal boyutu) muhtemel ve basılı kopyalarının (pasaport ve kartpostal boyutu) basılı özgeçmişlerinin kopyalarını (gezegene bakmak bekleyebilir) kapının önüne teslim edebilir. Birkaç ay ve yıl içinde, siz (ebeveynler) de benzer bir iş kurmak için yeterli veriye sahip olacaksınız. Dosyaların yararlı olup olmadığını kontrol etmek için müşteriye takip çağrıları yapılır, ayrıca öneriler memnuniyetle karşılanır. Pasaport boyutu resimler çok kötü resimlerdir! Böyle görünen ihtimali nasıl kazanırsınız?

En son tıklanan pasaport boyutundaki resminize bir göz atmanız için size bir dakika vereceğim. Cesur yürekler, resminizi buraya yapıştırabilirsiniz.

KALK. O KANEPEDEN.

Nasıl görünüyorsun?
Devam ediyoruz.

Pes etmeyin. Devam edin. (Ailen sert oyuncular.)

Başkalarını dahil edin. Bu seninle ilgili değil, bunun kafanı karıştırmasına izin verme. Bu bizimle, hepimizle ilgili. Ve yardım etmek için buradayız. Bir koca için keşif yapmak özel bir mesele değildir, sevgilim (Burada "sevgili" kelimesinden nefret eden başka biri var mı?). Bu, incelemeye açık halka açık bir olaydır. Herkes sizi hak ettiğinden emin olmalı, "bundan sonra mutluluk" sağlayabilir.

Aslında, bırakın işlerini yapsınlar. Bu arada size gelince, bu yerlerde de görülün. Madde işaretleri bir kez daha yardımcı olur.

> Siz kahve kuşağına aitsiniz. Diğer tüm markaların kahve üzerinde çok şey olabileceğine inanmanızı istediği bir dünyada yaşıyorsunuz. Kahve içmiyorsanız, sipariş ediyor, demliyor veya döküyorsunuz. Ya da bunu düşünmek. Kahveyi seviyorsun. O da yapıyor. Onunla köpüklü bir kalple bir fincan sıcak kapuçino üzerinde buluşacaksınız. Seksi.
> World Wide Web. Onu kucaklayın. Sosyal medya kanallarından, video paylaşım portallarından ve müzik indirme platformlarından yardım istemek utanılacak bir şey değil. Tinder'ı unutun (evet, kitapta bu uygulamayı görmezden geldim, akıllı telefonumda yok. Yakınlarda kalan sevgilileri bulmak için çok yaşlıyım. Bunun yerine burger aramaktan memnunum, ama hey sen, uyarla, keşfet), Shazam ve Uber'i de indir.
> Barlar, barlar ve dinlenme salonları. Ofisler, sinemalar, alışveriş merkezleri. Düğünler, cenazeler, vedalar.

> Müstehcen ve net başlıklara sahip buluşma grupları: Otuz & Bekar. Bir arkadaş arıyorum. Hala bekar, ama karışmaya hazır.
> İş görüşmeleri. Resepsiyon alanında bekleyen iki yalnız aday. Çok şirin.
> Banka. Bunları her gün kaç kişinin ziyaret ettiğine şaşıracaksınız.
> Açık havada. Balkonlar, teraslar dahildir.

Sürüklenmeyi mi yaşıyorsunuz? Tamam, öyleyse şimdi daha derine inelim, olur mu? Hayır, uyumluluk ve kariyer seçimleri gibi anlamsız konularda değil.

İhtiyacınız olan şey, sütten kesilmemiş, beyin yıkama programıdır. Rom-com'lar bize bilebileceğimizden çok daha fazla zarar verdi. Siz çiçek almayı çok seviyorsunuz, o çiçek vermeyi ÇOK sevmiyor. Anlamıyor musun? Neden alamıyorsun?

İkinci düşünceye göre, eğer evlilikler cennette yapılıyorsa, o zaman neden kaderin işini yapmasına izin vermiyorsunuz? Neden profilleri taramak için saatler harcamalısınız? Ya da neden arkadaşlarınızın sizi tanıştırdığı tüm yanlış erkeklerle çıkmalısınız?**

Ya da anneniz neden çevrenizdeki müstakbel damadı planlasın?

Neden tüm çabayı göstermelisiniz? Onun da seni araması gerekmez mi?

> Birkaç yıl sonra kiminle evlenirseniz evlenin, hepsi birbirlerinin kopyası haline gelir: günlerce tıraş olmayı reddetmek, annelerini aramayı unutmak (onun için yaptığınızı varsayarsak) ve televizyonla uyumak.

KALK. O KANEPEDEN.

Ya da belki de öyledir, değil mi? aw.
Not: Kız kardeşim *his.com'da* benim için bir profil oluşturmaktan sorumluydu. 150 kelimenin altında (beni) özetlemek için iyi bir iş çıkardı. Beni bir yakalama, sınırlı sayıda üretilen bir ses gibi gösterdi. Hesabıma erişmek için şifre şuydu: Pencapça'da (bölgesel bir Hint dili) İngilizce'deki 'Hurray' gibi bir mutluluk hissini tasvir etmek için kullanılan bir ifade olan 'Balle Balle'. Şimdi, sadece bu şifrenin arkasındaki duyguyu anlayabilseydiniz.

Birçok araştırma projesi, birkaç yıl sonra çoğu çiftin de birbirleri gibi görünmeye ve davranmaya başladığına işaret ediyor. "Kardeşler gibi." Başka bir notta, yakın zamanda evcil hayvanların ve sahiplerinin birbirine benzediği bir WhatsApp iletim var. Hala neyin daha iyi olduğuna karar veriyorum: köpeğiniz veya eşiniz gibi görünmek.

*"Doğru yaş" hakkında daha fazla bilgiyi Sayfa 65'te bulabilirsiniz.
**Eski erkek arkadaşlar hakkında daha fazla bilgiyi Sayfa 47'de bulabilirsiniz. Yanlış adamlar, kendileri her yerde bulunabilir. Kadınlar da. Haydi, cinsiyet kavgasına girmeyelim.

Aşkla, eski için.

FAVORI BIR ESKI erkek arkadaşin var mı? Eminim öyledir. Eski erkek arkadaşlar eğlencelidir. Onlar da bir sözü, aptalca bir tekerlemeyi hak ediyorlar.

Biraz gözyaşı, saç ve kilo da döktünüz.
Sen de hıçkırıyor ve gülümsüyorsun.
Bir zamanlar seni seviyordu ve sen de onu seviyordun.

Genç ayrılıklar daha fazla acı verir.
Sen fakirsin, aptalsın ve aşıksın.
Sen de dramatik ve sinir bozucusun.

Gül tomurcuklarını kitap sayfalarının arasına saklarsınız, kahvehanelerde peçetelere şiir karalarsınız ve açılır kalpli tebrik kartları alırsınız.

Kalp kırıldığında, intihar düşünceleri alırsınız. (Yani tavsiye edilmez. Bunun yerine, bir arkadaşınızla konuşun, bir çikolata barı yiyin ve akılsız şovları izleyin. Sizi seviyoruz.)

Zeki kadınların sırları vardır. Aptal kadınların sırları ve eski erkek arkadaşları vardır.

Çoğumuz eski sevgililerimizi düşündüğümüzde, aptal benliğimizi

o

düşünürüz. Öfke var, kızgınlık var. Ama toz çöktüğünde, onları yeterince bastırdığımızda, aptal, aptalca ve çılgın aşkı hatırlarız. Gülüyoruz ve onlar hakkında konuşuyoruz (yeniden bağlanma arzusundan bağımsız olarak). Onlar bizim başarıya giden basamak taşlarımızdır. Eski erkek arkadaşlar, özellikle de exe'ler hakkında şaka yapmak, tüm dünyada, nesiller boyunca benzer sesler çıkardığından, iyi konuşma konuları oluştururlar.

Kalbi açın, kırın, suçlayın ve merhemleyin. İki cinsiyeti öğrendiğimiz an, hayatlarımız tekrar tekrar açık-kırma-suçlama-balsam modunda koşmaya başlar. İşin üzücü yanı, çoğumuzun durdurma düğmesinin nerede olduğunu bilmemesi ve bu yüzden hayatlarımızın eski dosyalarla tıkanmasıdır. Daha üzücü olan kısım (gerçek), "o" ile tanışmadan önce hepimizin eski dalgaları aşmamız gerektiğidir. Mükemmel modeli bulana kadar hayatlarımız bir hit ve deneme modunda çalışmak zorunda. Tanrı korusun, eğer bir U dönüşü yapmak zorunda kalırsak! En üzücü yanı, bunca zamandır yanlış adamların peşinden koştuğumuzun farkına varmamızdır. Ama gümüş bir astar var, yanlışlar size doğruları öğretiyor ya da en azından inanmaya zorlandığımız şey bu.

Eski erkek arkadaşlar, erkek arkadaşların doğal dallarıdır.

Gençler olarak, exe'ler üzerinde nehir dolu ağlarız ve ağlamayı bıraktığımızda onları çevreleyen hayali hikayeler yaparız. Terapötik, kurgu dünyası. Birkaç yıl sonra, daha az ağlamayı ve onlar hakkında, bizim hakkımızda şakalar yapmayı öğreniyoruz. Daha fazla yıl geçiyor ve daha zengin oluyoruz ve mutlu saatler tekliflerinden yararlanarak, saç kesimi yaparak ve ayakkabı, el çantası ve çikolata satın alarak onlarla (exe'lerle) uğraşıyoruz. Birkaç yıl sonra onları diğer kadınlara tavsiye etmeye başlıyoruz;

AŞKLA, ESKI IAIN.

belki de 'onun' kalbi bir başkasıyla birleşebilirdi. Cömert, hoşgörülü oluruz. Bir ya da iki yıl sonra, "onu" bulursak, önceki yıllarımızın ne kadar büyük bir israf olduğunu anlarız. Bunu yapmazsak, her geçen gün önce aşkı avlamak, sonra ondan düşmek ve sonra her şeye yeniden başlamak için yeni teknikler belirlemeye başlarız. Daha iyisini bilmiyoruz. Daha iyisini bilemeyeceğiz.

Ağlamak. Yemek. Dükkân. Dua etmek. İnilti. Stare. Yok saymak. Hepimiz yollarımızı buluyoruz. Tabii ki, kimse incinmeyi sevmez ama o zaman nasıl YALNIZ olabilirsin? Dolayısıyla açık-kırıcı-suçlama-balsam zinciri vardır. Bir erkeğe ihtiyacımız var, sevgiye ihtiyacımız var.

"O kedi olmak istemedim. Ölmemek için tek başıma olan bu işin, *Çizmeli Kedimi* bulana kadar birçok yanlış erkek kediye çarpmakla ilgili olacağını çok az biliyordum."

(Yukarıdaki satırlardaki puntoyu seviyorum!)

Söylentilere göre hiç kimse ne yazık ki bir köşede mırıldanan ve bir gün bekar olarak ölen broodi buruşuk kedi olmak istemez.

İşte bu yüzden eski dramadan kaçamayalım.

Aşık olmak ve sevilmek istiyoruz. Zavallı Külkedisi'nden meraklı kuzenlere ve Prenses Aurora'dan sinir bozucu teyzelere kadar herkes bize aşık olmamız gerektiğini ve "onu" bulamazsak acı, mutsuz bir hayat süreceğimizi söylüyor. DOĞRU değil, son bit.

Böylece süt dişlerimizi kaybetmeden önce bile prensi ve yıldızların altındaki öpücüğü hayal etmeye başlarız. Üzücü gerçek şu ki, masal dokumacıları yanlış çevirdi. Masallarında her zaman sadece bir prens ve bir prenses vardır ve kaderin tek yapması gereken onları birbirleriyle tanıştırmaktır. Başka yarışmacı yok, bir prenses için bir prens.

O kadar basit değil!

"Masallar bize asla dışarıda birçok tomcat olduğunu söylemez!"

Şimdi, orada kaç çeşit ~~tomcat~~ erkek var?
Çok.
Hayır.
Üç.
Size çok gülümseyenler; Erkek arkadaşı.
Size gülümsemeyenler; oğlanlar.
Çok gülümsediklerinize; eski erkek arkadaşları.

"Erkek arkadaşın var mı?" bugünlerde 12, 14 veya belki 6 yaşındayken sorulan en yaygın sorudur. Birdenbire, kimse bilmek istemez, "Saat kaç?", "Okul nasıldı?", "Akşam yemeğinde ne yedin?" 16 yaşına geldiğinizde, "Erkek arkadaşın kim?" 18 yaşındayken, "Ailen bir erkek arkadaşın olduğunu biliyor mu?" 22 yaşındayken, "O senin erkek arkadaşın mı?" 23 yaşındayken, "Neden erkek arkadaşın yok?" 27 yaşındayken, "Sadece erkek arkadaş materyali için zaman harcadığını düşünmüyor musun?" 30 yaşındayken, "Kahretsin, erkek arkadaşın yok mu? Şimdi, kiminle evlenirdin (Oku: Sen yalnız ölen kedisin)?"

Erkek arkadaşlarınız, eğer varsa, bilirsiniz, varlığınızın tek amacı olan düğümü bağlayana kadar eski erkek arkadaşlara dönüşmeye

AŞKLA, ESKI IAIN.

devam edin; Durumda, hala merak ediyorsunuz. O zamana kadar büyüyen işle meşgul olursunuz, kendinizi toplarsınız. Ayrıca intikam planı yaparsınız ve egonuzun parçalanmasını izlersiniz. Çok sonraları, exe'lerin pahasına kendinizi eğlendirmeyi öğrenirsiniz. Ama ondan önce mutsuzsun. Daha iyisini bilmiyorsun.

Sevgilim, eğer onunla tanışmak istiyorsan, o zaman bir ilişkinin dışında olmak zorunda olduğun gibi bir ilişki içinde olmak için eşit derecede kararlı olmalısın. Doğru olanı bulmak için birçok kapıyı çalmak zorundasınız. Alice bile (*Harikalar Diyarında*) küçük kapıya giden yolu bulana kadar birçok kilitli kapıyla karşı karşıya kaldı.

Açık. Kırmak. Suçlamak. Melisa.

Özetlemek gerekirse: Eski dosyaların bölümü hassastır, erkek arkadaşlarınkinden çok daha yürek burkucudur. Eski sevgili olmasaydı, mükemmel bir gelecek olmazdı. Tam durağa ulaşmanıza yardımcı olan virgüller gibidirler. Sizi (kendimi de) hayatınızın boşa gitmediğine ikna etmek için bunu tekrarlıyorum. Her zaman eski sevgiliye göz kulak olursun, tıpkı eski sevgilinin sana göz kulak olmasını istediğin gibi.

Eski sevgililer ve eski işverenlerin ortak noktası budur. Her zaman ne yaptıklarını bilmek istersiniz. Onlara şunu söylemek istersiniz: Daha iyi bir yere, daha iyi bir insana geçtiniz.

İyimserlik anahtardır. "O"nu bulana kadar vazgeçemezsin. Bitiş çizgisi koridordur ve engelleri atlamanız gerekir. Ama o zaman sevgiden uzak olmak çok yorucudur. Ağlamak, dedikodu yapmak

o

ve aşırı düşünmek var. Ve en kötüsü geri tepme ilişkileridir; İki kişiyle çıkmaya başladığınızda - eski sevgilinin hayaleti ve şu anki alev.

Şimdi, eski sevgilinle bir daha asla arkadaş olmayabilirsin, ama her zaman eski sevgilileriyle arkadaş olabilirsin. Hikayenin onun tarafını bilmek istiyorsun; bazen zevk almak, çoğu zaman öfkeyi kanalize etmek, çoğu zaman sinirlerinizi yatıştırmak ve birkaç kez de kararınıza olan inancınızı teyit etmek için. Bağırıyorsun, kaltaklıyorsun, övünüyorsun ve dolayısıyla bağ kuruyorsun. Bu arada siz de bilgelik kazanırsınız. Kısa ömürlü olsa da. Eğer o benim "o" değilse, belki de senindir.

Bir ırk olarak, kimsenin yalnız ölmemesini sağlamaya kararlıyız. Bir prens, bir prenses. Birbirinizin doğru kapıyı bulmasına yardım etmeye hazırsınız.

Tüm cehennem ne zaman dağılır? Evet, buna ulaşıyorum. Eski sevgilinin düğün kartı sana ulaştığında. Ve sonra bir kez daha aptalsın.

Evet, en sevdiğiniz eski erkek arkadaşınızın sefil en iyi durumda olduğunuz bir zamanda evlenme ihtimali vardır. Ve bir kütüphanede doğmuş olsanız bile, asla duymak istemeyeceğiniz bir hikaye var. Nişanlısına nasıl aşık olduğunun hikayesi. Yeniden bir araya gelmek istemiyorsun, hayır,

Alınmadı, artı eğitildi. Erkek arkadaş yaratmak için çok çaba sarf ediyoruz. Eski erkek arkadaşlar hakkında zayıf bir ışıkta konuşmak aşağılayıcı, kaba ve kabadır. Exe'ler bir yakalamadır. Onlar kadınlar tarafından kabul edilebilir. Birisi ortaya konan sıkı çalışmadan faydalanmalıdır.

AŞKLA, ESKI IĄIN.

hayır, onu bir nedenden dolayı terk ettin... nasıl olabilir ki! İlişkiyi hangi şartlarda bıraktığınıza bakılmaksızın, davet edileceksiniz ve düğüne de katılacaksınız. Savaşı kazanmak için kız arkadaşların tarafından hazırlanırdın. Ve eğer ilk kez geliyorsanız (eski bir düğüne katılıyorsanız) yapmanız gereken tek şey, onlar tarafından hazırlanan savaş kıyafetini giymektir. Şınav sütyenleri, dudak kalemleri, dalma yakaları, altı inçlik stilettolar, sahte kirpikler ve sırt parlatma kremleri sizin için dikkatli bir şekilde satın alınacaktır. Düğünden önceki gece, siz istemenizden çok daha önce gelecek. Spot ışığı sizin üzerinizde olacaktır.

Herkes ortaya çıkıp çıkmayacağınızı merak eder ve bunu yaptığınızda performans göstermenizi beklerler. Ve bir gösteri yapacaksın, hatırlanması gereken bir şov.

> Eski bir erkek arkadaşın düğünü prova yemeği gibidir.

İşte D-Day'de doğru yapmak için birkaç ipucu. Onun D-Günü.

> Eski sevgilinin her zaman bir şeyin olduğunu düşündüğü adama yakın dur. O andan itibaren, işler daha da kolaylaşacak.
> Damat ve geline sıcak tebriklerinizi iletin. Eski sevgiline uzun, sıcak, anlamlı bir sarıl. İşiniz bitti. Performansınız bitti.
> Neşeli olun, iyi için, iyi yiyin.

Ve işte size başka bir işaretçi. "O" ile evlenmeye tehlikeli bir şekilde yakın olduğunuzda, kocanızın yıllar boyunca erkeklerde kabul edilemez bulduğunuz özelliklerin hiçbirine sahip olmadığından emin olmak için exe'lerin bir Excel Sayfasını derleyin. Sorun değil, bir B-Okuluna gittiğinizi anlıyorum ve Excel Sayfaları yararlı araçlardır.

Hepimiz kötü ilişkilerin bize öğrettiğini ve sertleştirdiğini düşünmekten hoşlanırız. Eğitimli insanlara dönüşüyoruz. *Sadece aptal olmayı bırakmıyorsun. Değil mi?*
Dışarıda kaç çeşit tomcat erkek var?
Çok.
Hayır.
~~Üç.~~ Dört.

Gülümsemeyi bıraktığınız kişiler: sizi asla geçemeyen eski erkek arkadaşlarınız. Çoğunlukla eğlenceli masallar da yaparlar. Bazen, korkutucu olanlar (yine, bu yüzden tavsiye edilmez).

Küfür mü ettim, tekrarladım mı? Beni affet. Exe'lerin üstesinden gelmek zaman alır. Ben sadece aptal oluyorum.

Yaşlanmak, yaşlanmak sorun değil.

HAFTA SONU. Evde kalacağım. Ilgilenmem gereken işlerim var. Boyamak için saç, satın almak için yiyecek, katlamak için çamaşır, iplik için kaşlar. Bir kitap okumayı bitirmeliyim. Ayrıca, hafta sonları vücut nemlendiricisi kullandığım günlerdir (yakın zamanda bir küvet vücut yağı aldım. Küvetteki pembe bir kabarcık şöyle yazıyor: Şimdi tarçın ve çikolatada da! Benimki sadece sade, lezzetsiz.) Şekerleme saatleri arasında, bir TV dizisine yetişmeyi, birkaç öğün yemek pişirmeyi ve dondurmayı planlıyorum (önümüzdeki hafta için; hafta sonu kesinlikle sipariş vereceğim). Bazı çevrimiçi alışverişlerde şımartılabilirim (alışveriş merkezleri hafta sonları çok meşgul). Dışarı çıkıp başka şeyler de yapabilirim, sadece topuklu ayakkabılar, kıyafetler (pijamalar hariç) ve kohl giyme havasında değilim. *Yoğun* bir hafta sonu olacak. Çok yorgun hissedersem, yapılacaklar listesindeki birkaç maddeyi gözden kaçırabilir ve bunun yerine sadece uyuyabilir ve nemlendirebilirim. Nemlendirme önemlidir. Yaşlanan cildin bakıma ihtiyacı vardır.

Yaşlı kadınların hafta sonları ne yaptığını merak ettiyseniz, o zaman bu küçük bir önizlemeydi. Kibar konuşmalar yok, puking yok, bağırma yok. Yaşlılık, insanlardan, partilerden veya her ikisinden de kaçınmak için kabul edilebilir bir bahanedir. Maksimumda kullanıyorum. Tanıdıklarımı, arkadaşlarımı ve ailemi ziyaret ediyor olabilirim ve onlar da beni ziyaret ediyor olabilirler. Ama bunu duymayacaksınız. Selfie'lerimizi sizin yararınıza ve sevinciniz için yüklemeyeceğiz.

34 yaşındayım. (Yayıncının yan notu: Ne zaman basına yansıdığına bakılmaksızın bu sayıya sadık kalın: "30'lu yaşların başında kadın yazarlar tarafından yazılan eserlerin satılması, 30'lu yaşların sonlarındakilere göre daha kolaydır.")

Boşver. 39 yaşındayım, senin yararın ve neşen için.

Orada, size yaşımı halka açık bir platformda söyledim ve BASKIDA çıkacak. Bu konuda hiçbir şey yapamayacağım. Çaresiz kalacağım. Kedi şimdi çantadan çıktı.

Az önce ne yaptığımı gördün mü? Kadınların yaşlarını açıklamaktan hoşlanmadıkları efsanesini kırdım.

Ben bekar malt ya da çedar değilim, yine de yaşımı açıklamaktan asla çekinmiyorum.

Yaşlanmanın, hatta yaşlanmanın sorun olmadığına dair güçlü inancım. Çünkü sen ve ben yaşlanmıyorsak, ölmüş olma ihtimalimiz yüksektir. Küçük deneyimlerim bana hayatta olmanın daha iyi bir seçenek olduğunu söylüyor.

Bir kadına yaşını sormak kaba ve uygunsuz olarak kabul edilir. Yine de, bir kadın olarak bu soru bana sorulduğundan çok daha fazla soruldu: Saat kaç, Kaç bedensin, Cep telefonu numaranı alabilir miyim, Erkek arkadaşın var mı, Nereden taksi alabilirim, Ne zaman evleniyorsun, Nasılsın, Ne zaman çocuk sahibi oluyorsun, Nerede yaşıyorsun, bugün yağmur yağacağını düşünüyor musun, hafta sonu

YAŞLANMAK, YAŞLANMAK SORUN DEĞİL.

için ne planlıyorsun? Bu soruların hiçbiri kaba veya kişisel olarak kabul edilmez. Bir kadına neden hala bebek yağını kaybetmediğini veya ailesine bakmak için işini bıraktığında bile küçümsenmez.

Kaba olan şey, bir kadından yaşını açıklamasını istemektir. Ayrıca, bir kadının bu soruyu cevaplaması *kabul edilemez.* Kibar olmamız ve gülmemiz bekleniyor. Her seferinde.

Erkekler birbirlerine eski osuruk tebrik kartları veriyorlar, biz değil.

34 yaşıma bastığım hafta, bir kız arkadaşım bana kısa mesaj gönderdi: "Hayatının yarısını yaşadın! Tebrikler! Sarılmalar." Hesaplamaları yaptım ve muhtemelen haklı olduğunu fark ettim. Cevap verdim: "Sana tekrar sarıl!" Daha sonra, oldukça büyük, iş yerinde editör kahve kupamı çıkardım, ağzına kadar şarapla doldurdum, içtim ve uyudum. Yaşlı kadınlara gri saçlarıyla nasıl gurur duymaları gerektiği konusunda bir konferans vermeyi hayal ettim. Ertesi sabah, kök rötuşu için içeri girdim. Hepimiz boşunayız, değil mi?

Kadınlar olarak, birçok şey hakkında özür dilememiz gerekiyor: aşırı haşlanmış makarna, köride ekstra tuz, dolu otoparklar, kötü saç günleri, ekstra inç ve kilolar, dağınık kaşlar, disiplinsiz çocuklar, kirli zeminler, başarısız evlilikler, küresel ısınma ve flop filmleri. Ama en önemlisi, "yaşlanmak" konusunda özür dilememiz gerekiyor. Yaşımızı gizlememiz gerekiyor. Sonsuza dek genç kalmamız gerekiyor.

Bu arada, kaç yaşında çok yaşlı?

Daha yaşlı mıyım? Evet. Elbette. *Sen aptalsın.*

Kendimi yaşlı hissediyor muyum? *Kendimi daha fazla kontrol altında hissediyorum.*

Tekrar ne yaptığımı gördün mü? Akıllı bir geri dönüşle *sorunuzu* önledim.

Yaşla birlikte, daha iyi yargılama gelir. Arkadaş ve kıyafet seçiminde daha iyi olursunuz. Ayrıca seçici olarak yemin eder, içer ve sigara içersiniz. Sizin de daha fazla paranız var (iyimserim). Tasarruf etmeyi öğrenirsiniz. Sadece artıkları kullanarak üç servisli akşam yemeklerine nasıl ev sahipliği yapacağınızı öğrenirsiniz. Sivilce almazsınız, sadece beyaz noktalar ve siyah noktalar alırsınız. Bir gece şovunu izlemek için izin almak zorunda değilsiniz. Bir kazadan sonra arabayı gizlemek zorunda değilsiniz, çekilmesi ve sabitlenmesi için ödeme yapabilirsiniz. Kimse telefon faturalarınıza bakmaz (başkalarının faturalarına bakabilirsiniz). Ebeveynleriniz iyi insanlar olduklarını hissetseler bile, komşularınızı selamlamak zorunda bile değilsiniz. Çocuk sahibi olabilir ve çikolatalardan paylarına düşeni de yiyebilirsiniz.

Her zaman olmak istediğin o yaşlı, kendine güvenen ve zengin insan olabilirsin. Kapsamlı bir uygulama ve sabırla, başkaları hakkında bir s**t umursamamayı öğrenirsiniz, ama aynı zamanda onlara bunu söylemekten nasıl zevk alacağınızı da öğrenirsiniz.

Bu, yaşınızı kucaklamanız için size ders veren ben değildim. Bu sana eylemini sıralamanı söylememdi. Onunla işim bitti.

Şimdi gerçekçi olalım. İşte hızlandırılmış bir kurs.
Her şeyden önce, evli değilseniz, evlenin.
Değilse, bunu okumayı bırakın.
SEN YAŞLISIN! Kimse *yaşlı* bir gelin istemez. (Bu konuda daha fazla bilgi daha sonra, birkaç sayfa uzakta)

YAŞLANMAK, YAŞLANMAK SORUN DEĞİL.

En iyi bahsiniz evlenmek. Ve siz oradayken, çocuklarınız da olsun. Çünkü sen yaşlısın!

Hem evliyseniz hem de çocuklarınız varsa tebrikler. Başka bir notta, bunu okumak için nasıl zamanınız var? Çocuklarınızı iyi yetiştirmediğinizi hissediyorum.

Her neyse, işte yaşı açık kollarla *karşılamak* için yapmanız gerekenler.

Evde daha fazla zaman geçirmeye başlayın. Kapüşonunu giy. Kırışıklık karşıtı yüz paketini takın. Sıcak su şişesini doldurun. Doğum yılınızı Facebook, LinkedIn'den kaldırın. Doğum gününüzü kutlamayı bırakın. (Zorlanırsa, çörek kullanarak bir kek hazırlayın. Böyle bir pastanın üzerine mum koymak zor.) UNO oynayın. Mezunlarla buluşmalara hayır deyin. (20 yıl sonra aynı göründüğünüzün söylenmesinden daha kötü bir şey yoktur. Tabii ki, daha iyi görünüyorsun. Hadi! Eski resimlerinize bakın, korkunç.) Dairesel hareketi kullanarak yüzünüzü ve boynunuzu yaşlanma karşıtı kremle donatın. Göz altına krem sürün. Ve evet, nemlendirici.

O yüz çantasını yıkadın, değil mi? Kuruyana veya on dakika boyunca bekletilmelidir. Ya da belki on iki, anlayın, talimatlar kutunun üzerinde.

Uyu, eğer uykuluysan.
Saate bakmayın. Saat 21.30 ise panik yapmayın.
Dinlenmek sorun değil.

Not: Bir daha asla bu kadar genç olmayacaksın.
*'Üzgünüz' olduğumuz şeyler hakkında daha fazla bilgiyi Sayfa 187'de bulabilirsiniz.

Kimse yaşlı bir gelin istemez.

MAKYAJ SANATÇILARI BİLE eski gelinleri toplamaktan hoşlanmazlar.

Çeyiz trend değil. Öyle olsaydı, eskiler de dahil olmak üzere her türlü gelin için damat *satın* alabilirdik.

Damatlar, uygulamalardaki sohbet pop-up'larında kullanılabilir hale gelmeden önce, ziyafet salonlarında da bulunabilirlerdi. Onlar sadece bir tık uzakta ve hala bir tane bulmak için mücadele ediyorsanız utanç verici. Evlenmek için çay ve *samoza* servis etmenize bile gerek yok. *Annelerinize ve teyzelerinize sorun.* Şimdi evlenmek çok kolay, size söyleyecekler; bir yetenek avı olmadan şarkı söyleme, yemek pişirme, dans etme ve diğerleri.

Öyleyse ziyafet salonlarına geri dönelim. Hint düğünlerinde görünmemizin en popüler iki nedeni arasında atıştırmalık ve talip var. *Pudina (nane)* chutney veya kürdan üzerinde baharatlı, kırmızı renkli tavuk mançurya ile yağlı, çıtır vejetaryen börek için orada değilseniz, o zaman kesinlikle bir damat (gelin de) için oradasınız.

Çeyiz okuma yazma bilmeyenler içindir, APTAL. Ayrıca burası sinirlenmenin ya da sinirlenmenin yeri değil. Her konuda Gandhi olmayı öğreniyoruz, tamam mı? Tamam aşkım.

Büyükannelerimizin günlerinde, evlilik hizmetlerine abone olmak için para harcanmadı, bunun yerine TÜM olası düğünlere katılmak için tren ve otobüs bileti satın almak için kullanıldı.

Düğünler çöpçatanlığın üreme alanlarıydı.*

*Belki hala öyledir. Son zamanlarda hiçbirine katılmadım. 30 yaşımda 31 yaşına geldiğimde (çok yaklaştım!), hayatımı belirleyen en büyük meseleyi hallettim ve evlendim. Artık düğünlere katılmam gerekmiyordu. Akrabalarım da artık bana baskı yapmayı bıraktı. Zamanım doldu.

Teyzeler ve amcalar şahinlere dönüşecek, adayları en iyi kıyafetleriyle nasıl göründüklerini, aile geçmişlerini ve tabii ki müsaitlik durumlarını göz önünde bulundurarak kısa listeye alacaktı. Çoğu zaman ilişkiler bu gerekçelerle mühürlendi, "Düğününde olduğunuz çiftin töreninin tamamlanmasından çok önce." Bollywood, bu düğünlerde gerçekleşen flört bölümlerinde hayatta kalıyor ve bu da potansiyel adayların aktif katılımcılar olduğunu gösteriyor.

Ben de özellikle düğünlere katılmaya teşvik edildim, ev sahibem buna özel ilgi gösterdi. Daha iyi giyinmem için beni dürterdi. Eşleştirmede bir şampiyon olarak, *onu* başka birinin sendika töreninde bulacağıma kararlıydı. İki yıl boyunca yalnız kalmaya devam ettiğimde, "Sana burayı kiraladığımda, evleneceğini ve yakında ayrılacağını düşündüm. *Kalıcı* bir kiracı istemedim." Üzgündü.

Mesele şu ki, *herkes* "doğru yaşta" bir gelin istiyor. Ve hepimizin bir kızın "doğru yaşta" nasıl evlenmesi gerektiği kavramını anlamalı ve dikkate almalıyız. Erkekler, istedikleri zaman evlenebilirler. İyi

KIMSE YAŞLI BIR GELIN ISTEMEZ.

yerleşmiş erkekler için her zaman alıcılar olacaktır. Yerleşen kadınların tanımı çarpıktır.

Çok az erkeğin elektrik faturalarını ödeyebilen, araba kullanabilen ve yönetim kurulu toplantılarına katılabilen kadınlar istediğine inanılıyor. Biriyle evleneceğim! Ama o zaman bu her zaman böyle değildir, kariyer odaklı kadınlarla evlilik mutluluğu içinde yaşayan, toplumu yeniden tanımlayan erkekler vardır.

Artık her eylemin bir tepkisi vardır. Bir talibi çok geç bulursanız, birçoğunun gözündeki en büyük sonuç: Ya anında bebek yapmak zorunda kalacaksınız ya da hiç dayanamayacaksınız. *Çok kasvetli bir gelecek.*

Ayrıca, küçük kardeşleriniz ve kuzenleriniz siz evlenene kadar evlenemezler.

Onları da sevgiden ve bebeklerden uzak tutmayı bırakın. Sen bencil iplikçisin.

Yaşlı olmanız veya bebeklere ihtiyacınız olması önemsizdir. Küçük kardeşlerinizin sizden önce düğümü nasıl bağlayamadıkları da önemsizdir. Tartışma noktalarında asla gündeme gelmeyecek. Kimse "doğru yaş" ın ne olduğundan da bahsetmeyecek bile.

Kuzenim 25 yaşında evlendi. Teyzem 22 yaşındayken. 28 yaşındaki en iyi arkadaşım.

"Doğru yaş" nedir?

DÜNYANIN IKIYE AYRILDIĞINI fark ettiğiniz anda risk bölgesine GİRERSİNİZ: onlar ve siz.

Kendinizi yabancılaşmış hissetmeniz için yaratıldınız.

Arkadaşların seni davet etmeyi bırakıyor. "Ah, bu sadece çiftler gecesi." İyi demek istiyorlar. Muhtemelen sizin kadar yaşlı, hatta daha yaşlı. Sadece yedikleri pastadan bir pay almanızı istiyorlar. Misafir listelerini de basitleştirmek istiyorlar. "Sana sürekli evlenmeni söylüyorum!" Partilerde senin de nachos ve kebap yemeni istiyorlar. *Ama çiftler kağıt dans oyununa katıldığında sizinle ne yapmaları gerekiyor?*

Ayrıca, bekar kadınlar biraz can sıkıcı olabilir. *Her zaman zamanları vardır. Tatillerde yola çıkıyorlar. Kaplıcalara gidin. Filmleri yalnız izleyin.* Evli kadınlar WhatsApp mesajlarına zar zor cevap vermeyi başarıyor. Soyulacak patatesleri, ilgilenmeleri gereken kayınvalideleri ve bakacakları kocaları var. Ve anneler, bekar kadınların varlığından bile haberdar olmadıkları bir dünyanın gelişmesinden sorumludurlar.

Ayrıca eşiği geçtikten sonra, talipler için seçenekleriniz sınırlı olacaktır. Boşanmış, yaşlı veya kel için "yerleşmek" zorunda kalacaksınız. Ya da üçünü de.

Hayal! Hoşgörülü, yargılayıcı olmayan ve takdir edici davranarak toplum için ne kadar kötü bir örnek oluşturacaksınız.

"Bir spinster olmak, aşkı piyasa dışı bir adamda bulmaktan daha iyidir."

Şansınız ve sevginiz BOAT sessizce yelken açmayacak.

Arada sırada spot ışığı altına alınacaksınız.

Benimkinden önce 23 düğüne (arkadaşlardan, abartıyorum, belki 20) katıldım.

Daha gençtim, arkadaşlarım konusunda daha az seçiciydim ve öldürmek için çok zamanım vardı.

Her düğünde bana "sıradaki sıradaki bendim" deniyordu. Hem yaşlı olduğuma hem de sıradaki sıraya girdiğime eşit bir inançla inandırıldım.

Katıldığınız düğün sayısı da yaşlandığınızın bir başka göstergesidir.

13. düğünde, düğün çiftiyle "sahne pozumun" yanı sıra kıyafetlerimi de tekrarlamaya başlamıştım. Düğün hediyelerini de tekrarlamaya başladım. Çok yorucuydu. Ne zaman bir arkadaşım onu "onu" bulsa, panikledim. Bir erkek arkadaşım *onu* bulduğunda çıldırdım. Her zaman erkeklerin evlenmek için acele etmediklerini düşündüm. Aşık olan insanlar benim için iyi sonuç vermedi. Kısa süre sonra yeterli ücretli iznim, kıyafetim ya da param olmadı.

Ayrıca, her düğün duyurusu ebeveynlerimizi üzüyor.

"DOĞRU YAŞ" NEDIR?

Ebeveynlerimiz gerçekten, gerçekten bizi evli görmek istiyorlar.

"Yaşlı değildim. Böyle hissetmeye bile başlamamıştım. Gençken olduğum kadar gülünçtüm. Bir dil kursuna kaydolmuştum. Daha yeni terfi etmiştim. *Mutluydum.*"

Yine de, krize dair yeterli kanıt vardı.

Kutuları işaretlememizi gerektiren formları doldurmak, sevmemeye başladığım bir etkinlikti:

Yaş: 18-22, 23-27, 27-32.
29 yaşındaki bir oyuncu neden 27-32 kategorisinde yer almalı? Amacınızı belirtmek için yıldız işaretleri kullanın.

*

*

*

Ve TEKNE bir U dönüşü yapıp bizi bulmak için geri dönse bile, işler aynı olmayacaktı, "doğru yaşta" evlenseydik olabileceği gibi olmazdı. Düğün günümde, 24 yaşında bekar bir kız bana gergin olup olmadığımı sorduğunda, gergin olmadığımı söyledim. Çok iyi gitmedi. "Sanırım aşk sana karnında kelebekler verir, ancak 'doğru yaşta' evlendiğinde." O bile bu "doğru yaş"ın ne olduğunu biliyordu! 24 yaşındaydı! Aman Tanrım.

Tartışmanın bir anlamı yoktu.

o

Ona kelebekler ve gülümsemeler diledim.

Çünkü ben sadece bir tür gelin biliyorum: Güzel ve mutlu olanlar. Gelinleri severim.

Kurgu bile size teselli getiremez.

2008 YILINDA YAYINLANAN *Sex and the City filminde.* Evet, dizilere ve filmlere takıntılı olmaya devam ediyorum.

Carrie Bradshaw, tasarımcı önlüklerinde göz kamaştırıcı görünüyor *Vogue*, bekarlıktan gelin adayına olan yolculuğunu ele aldı. *"Biz buna 'Son Bekar Kız' diyoruz. Eh, ben neredeyse son bekar kız değilim. Hayır, ama 40 yaş bir kadının gelinlikle fotoğraflanabileceği son yaş..."* Filmin ortasında, düğün iptal edilmişti: damat onu koridorda bıraktı. *"Editörün notunda ne yazıyor? Carrie Bradshaw ve John James Preston'ın düğünü iptal edildi... Bu konu basına yansıdı. Bradshaw..."* Bradshaw nedir? Beklemek... *"Bradshaw hala bekar ve New York'ta yaşıyor."*

Tartışmanın bir anlamı yok. Kurgu bile berbat durumda.

Carrie Bradshaw filmin sonunda evleniyor ama insan ister istemez merak ediyor.

Bizim için başka bir sezon mu yoksa son mu olacak? Oh bekle, yaklaşan bir tane var, değil mi? Ve tıpkı bunun gibi...

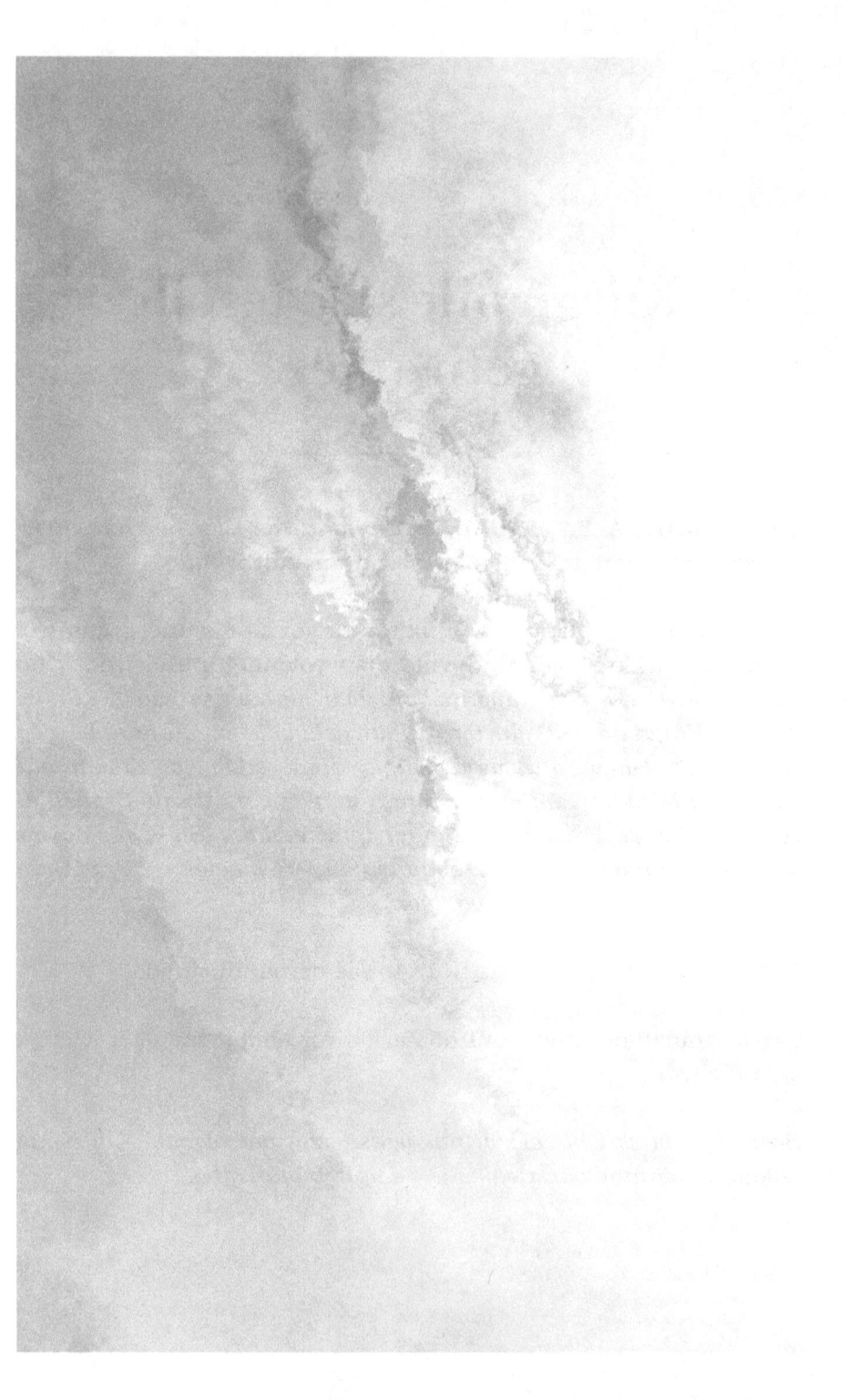

Bu bir saçmalık.

MEDENI DURUMUNUZU KİMSE umursamiyor. Ama yapıyormuş gibi yapıyorlar. Seni kandırmalarına izin verme. Konu, konuşmalar sırasında garip sessizlik boşluklarını doldurmalarına yardımcı olur veya sadece zamanın dışında kalmak için bir yol sağlar.

Sizinle konuşan çoğu insan da sizi tanımakla ilgilenmiyor. İş arkadaşınız dondurmayı sevip sevmediğinizi umursamıyor. Uzak kuzeniniz bir köpeğiniz olup olmadığını bilmek istemiyor. Sadece konuşma yapmakta berbatlar. Bu konuşmaların sosyal medya adı verilen bir alanı var.

Bekar olduğunuzda ve "doğru yaşta" olmadığınızda, bu ramblers güneş ışığı veya yağmur hakkında konuşmak için kafalarını kaşımak zorunda bile kalmazlar, "Ben yaşlıyım ve bekarım" durumunuzda mükemmel bir konuşma başlatıcısına sahiptirler. Bir otobüs durağında yanınızda duran insanlar neden evli olmadığınızı bilmek isterler. Mükemmel yabancılar, yaşımın mutlu sonumda bir spoiler oynayabileceği konusunda beni tatlı bir şekilde uyardılar. "Biyolojik saatin işliyor," dedi bir yabancı otobüse binmeden önce. Ve sonra zaman zaman size öyle bir inançsızlıkla bakarlar ki, kişisel tek statü ayrıntılarınızla hayatlarını mahvetmeye hakkınız olmadığını fark edersiniz. Hayatta yeterince endişeleri var. Listelerine eklemeyin.

İşte yapabilecekleriniz.

YALAN.

Bunu hayal edin.

Bir spadasınız. Masözünüz güzel uzun saçlı karanlık, güzel bir kız. O masumdur, *feminist* değildir. Güzel kız. Her zaman evlenmek ve bebek yapmak istedi. Sırtınızı bol miktarda yağla ovalamak arasında, size çocuğunuz olup olmadığını sorar.

"İki güzel kızım var."

Daha sonra, geri bildirim formunu usulüne uygun olarak doldurun. Yıl dönümü tarihinizi de ekleyin.

Hayali kocalar ve çocuklar gerçek olanlardan daha iyidir, bazıları öyle diyor.

Yaşlandığımda.

YAŞLANMAK KORKUTUCU.

İşte yaşlandıkça hatırlamak istediğim şey.

- O kadar YÜKSEK SESLE, o kadar gelişigüzel bir şekilde geğirmeyin, esnemeyin, hapşırmayın ve osurmayın ki, insanlar asla bitirme okuluna gitmediğinizi düşünürler. Zarif yaşlı bir BAYAN ol. ~~Her zaman.~~
- Yaşlı Vatandaş avantajları, indirimler isteyin. Benzin istasyonlarında, salonlarda.
- Genç olandan arabanızı ters park etmesini isteyin.
- Çiçek al. Onları yatağınızın yanına koyun.
- Var olan tek dünya budur. Sanal saçmalıklara veya yaşam sonrası işlere inanmayın.
- Doğum gününüzü kutlayın.
- Eski günlüklerinizi çok daha fazla okuyun. Şimdiye kadar harika bir hayatınız oldu. Harika kalın, bu hayat için minnettar olun.

Not: Bir daha asla bu kadar *genç* olmayacaksın. Bundan bahsetmiştim, değil mi?

Ayrıca gençlere söylemek istediğim de bu.

> Asansörü *eskisi* için tutun.
> "Sizin" seçtiğiniz restoranlarda yemek sipariş etmeleri için *yaşlılara* baskı yapmayın. Muhtemelen oradaki yemeklerin yarısını bilmiyorlar. Lahananın yaklaşık üç yıl öncesine kadar var olduğunu biliyor muydunuz? Ayrıca, evde bir çift özelliklerini unutmuş olabilirler. Sabırlı olun.
> Bunları Zoom, Hangouts vb. Cihazlara ekleyin. Sizi aramalarını beklemeyin!
> Onlarla yumuşak bir şekilde konuşun.
> Onlara ~~gençken olduğu kadar~~ güzel olduklarını söyleyin.
> USB sürücüsünün nereye gittiğini bilmiyorlarsa şaşırmayın. Bir mektubun nasıl gönderileceğini biliyor musun?
> *Aptal bir genç* olmayı bırak.
> Eski günlüklerinizi çok daha fazla okuyun. Şimdiye kadar harika bir hayatınız oldu. Harika kalın, bu hayat için minnettar olun.

Not: Yaşlı insanları seviyorum. Ayrıca, yaşlılara, yaşlılara nasıl davrandığımızı izleyen gizli bir toplum olduğuna inanıyorum. Hem ödüllendirileceğiz hem de cezalandırılacağız.

Yaşlandığımda.

EDİTÖRÜM, 30'LU VE 40'lı yaşlardan sonra kadınlık deneyimi ve kadın arkadaşlıkları hakkında neden konuşmadığıma dair merakını dile getirdi. Beni şöyle ikna etti: "Sanırım bunun nedeni, kitapta yaşınıza bağlı olarak kendi deneyiminizden bahsetmiş olmanızdır. Yine de, 60 ya da 70 yaşında kendinizi nerede gördüğünüzle ilgili düşüncelerinizi bilmek ya da kadınların o yaşta nelere dikkat etmesi veya nelere önem vermemesi gerektiği konusunda tavsiyelerde bulunmak güzel olurdu." Yani, bu bölüm onun suçu, benim değil.

İlginç bir şekilde, daha büyük yaşta umutlarım ve hayallerim hakkında ilginç bir yazı eklememi önerdi. Her şeyden önce, tuhaflığıma olan güveninden heyecan duyuyorum (senaryonun tamamını okuduktan sonra bile) ve ikincisi, o zamana kadar süreceğim iyimserliğine şaşırıyorum. Beni yanlış anlamayın, ben morose değilim. Yorgunum, ama elbette, masallarımın (tavsiyemin) alıcıları olduğu inancıyla ateşlenen daha fazla hikaye anlatacak kadar uzun (ve sağlıklı) yaşamak istiyorum. Üçüncüsü, şakalarımı deneyim olarak satın aldığı için mutluyum.

60 yaşında kendimi nerede görüyorum? Çok fazla düşünmedim, aslında hiç düşünmedim. Kadın olmak koşu bandında koşmak gibidir, "tamamen" bir yere varamazsınız. Sadece kaybedersiniz (inç, kilo) ve her gün bir önceki gün kaldığınız yerden alırsınız. Yine de dünya (ve onun kusurları) hakkında inatla neşeliyim. Ve bence bir

koşu bandı, yürümek için değilse bile, kuru giysileri havalandırmak için harika bir yatırımdır.

Muhtemelen sana nerede olacağımı, nerede olacağını söyleyeceğimi umuyorsun. Size söylemeyeceğim, çünkü söyleyemem. Ancak, bir süreliğine, tahminde bulunabiliriz.

Nerede olurduk? Barda, umarım öyledir. Tabii ki salonda. Bir toplantı odasında, evet. Mars'ta, kesinlikle. Evlerde, sevgiyle beslenir. Podyumlarda. Hastanelerde, sevdiklerinize yardım etmek. Kütüphanelerde evet ve evet. Ne yapardık? Paylaşmak, itiraf etmek, merak etmek... büyüyen iş ile bitti ve büyüme yolunda (of). Birbirimizin yanında olacak mıyız (yaşlılık ve ego şımarıklık oynayabilir)? Söyleyemem. Bazı arkadaşlıkları geride bırakabilir ve ayrılabiliriz (iyilik için). Bununla birlikte, çoğumuzun birlikte yaşlanmasını, daha güzel olmasını diliyorum. Sizlerle asit reflü ve eklem ağrılarından bahsetmek istiyorum. Eski aşkları ve başarısız evlilikleri hatırlamamızı, yeri doldurulamaz ve iflah olmaz eşleri ve sevgilileri kutlamamızı istiyorum. Size bir kez daha 10. sınıftaki Matematik puanımın sizinkinden nasıl daha iyi olduğunu ya da 20 yaşında başımı nasıl belaya soktuğunuzu söylemek istiyorum. Gün batımı yıllarımızda bir bankta yan yana oturmamızı ve geriye dönüp bakmamızı ve utanmadan gülmemizi istiyorum. Birbirimizi doğru yöne itmemizi istiyorum, aksi takdirde bir olarak düşmeye istekli olmalıyız. Birbirimize iyi bakmamızı bekliyorum.

Evet, yukarıdakilerin hiçbirini güvenle söylemeye kendimi getiremem. Kendimin daha akıllı veya daha sakin olmasını beklemiyorum. Hiçbirinizin hayattan kederli olduğunu da görmüyorum. Manikür ve mimozalarla dolu bir hayat görüyorum. Başlangıçlarla dolu bir hayat görüyorum. 60'ların yeni 30'lu yıllara inanmıyorum, ama bize inanıyorum.

Bir koca kişi yapardı. Teşekkür ederim, lütfen.

NE TÜR BIR "insan" olduklarını bilen insanları her zaman kiskanmişimdir. Ben sabah insanıyım. Ben tamamen bir deniz insanıyım. Ben bir Apple insanıyım. Ben bir kahve insanıyım. Ben "sadece pişmiş yemekler" insanıyım. Ben yüksek topuklu bir insanım. Ben siyah kravatlı bir insanım. Ve iş burada bitmiyor, bazı insanlar kendilerini o kadar iyi tanıyorlar ki, nasıl "turuncu" bir insan olduklarını ilan ediyorlar, meyve mi yoksa renkten mi bahsediyorlar bilmiyorum ama kendilerini derinden anladıklarını bilmek ilginç. Bana gelince, ben "benim" insanım. Kafanı karıştırdığımı düşünüyorsan, kendime ne yaptığım hakkında hiçbir fikrin yok.

Bugün Mocha'yı istiyorum, yarın sadece bitki çayı olacak. Güneşle uyandığım günler oluyor, güneş doğana kadar uyumadığım günler oluyor. Hem trekking ayakkabılarım hem de plaj terliklerim var. Bazı günler dağları, diğer gün denizi seviyorum. Bazı akşamlar kendimi "kırmızı", bazılarında ise "gri" hissediyorum. Evet, bazı günlerde, nasıl hissettiğim üzerinde tam kontrole sahibim, diğerleri üzerinde ise hiçbirine sahip değilim. Bu şekilde hoşuma gidiyor. Zihnimin benimle oynadığı kaotik oyunları seviyorum. En sevdiğim eklemin menü kartına bakmaktan zevk alıyorum, her seferinde ilk kez bakıyormuş gibi bakıyorum. İnsanların içeri girip "Düzenli" dediklerini biliyorum. Evet, "geçen seferkiyle aynı" insanlar var, ama bu ben değilim, her zaman değil, en azından.

Rutinden veya net seçimlerden hoşlanmadığımdan değil, sadece onları sınırlarla tanımlamaktan hoşlanmıyorum. Onlara yer açmayı seviyorum. Kendimi belirli bir "kişi" olarak tanımlamak istemiyorum çünkü bir "kişi" değişebilir ve değişir.

Bu yüzden ne zaman biri bana "Ne tür bir insanla evlenmek istiyorsun?" diye sorsa, hayal kırıklığıyla karşılaştılar.

Mobilya olsaydı, istikrarlı, güvenilir ve beyaz derdim. Şeker olsaydı, pembe ve tatlı derdim. Kahve olsaydı, sıcak, acı ve güçlü derdim. Eğer o bir WIFi bağlantısı olsaydı, hızlı, özgür ve sınırsız derdim. Ama ne yazık ki, o hiç değildi (öyle).

Bir insanla evlenmek istiyordum (evlendim) ve onu "bir tür insan" olarak tanımlamamın bir yolu yoktu. Ben bir "yazar insanıyım" ve açıklamalarda iyi olmam gerekiyordu, ancak her seferinde bu benim iyi niyetli cevabımdı.

"Bir koca insan."
Bir koca kişi iyi (harika) yapardı (yapıyor). Teşekkür ederim, lütfen.

Not: İyi bir mizah anlayışına sahip bir insan istemek zorunlu değildir. Bu "esprili" kişi için birçok alıcı var, bu bir yarış değil. Komik bir adamla evliyseniz, tebrikler. Değilse, herhangi bir pub, kafe veya salona girebilir ve bir stand-up komedyeninin performansını izleyebilirsiniz. Hintli erkek nüfusun çoğunluğu, başkalarını kendi ve bazen de ailelerinin pahasına güldürme

BIR KOCA KIŞI YAPARDI. TEŞEKKÜR EDERIM, LÜTFEN.

eyleminde ustalaşmakla meşgul. Ve evet, çoğu ücret ödemeden davranıyor, ancak maruz kalmak için.

Kocanız tarafından paylaşılan ve sizi gerçekten güldüren iki komik şakayı sıralayabilir misiniz?

Kendini adamış insanların öpüşmesi, ayakkabı bağcıklarını bağlama eylemi gibidir.

AYAKKABI BAĞCIKLARIMIZI ILK kez bağlamayı öğrendiğimizde, tüm zihnimizi ve bedenimizi harekete geçiririz. Belirli bir açıyla oturmamız ve sonra belirli bir dereceye kadar bükülmemiz, ayağı yukarı kaldırmamız ve ulaşılabilir bir yüksekliğe yerleştirmemiz söylenir. Ve sonra bize ipleri sağlam kalan ve düzgün görünen bir düğüme hakim olma görevi öğretilir. Komplikasyonları ve tipleri vardır; sol tarafta başlayan dantel ucu, ilmekler ve yaylar, başlangıç ve çift düğüm, vd. Birkaç girişim ve hafta sonra, eylemde ustalaşırız ve bunu bir zamanlar gözlerimiz, zihnimiz, ellerimiz ve ayaklarımız arasındaki koordinasyonu sağlamak için odaklanmamız gerektiği gerçeğinden tamamen habersiz, çok kolay bir şekilde yaparız. Bir özellik yakın zamanda edinildiğinde, yakında bir alışkanlık haline gelir. Direksiyonun arkasına ilk kez oturduğumuzda ve "onu" öpmek gibi diğer birçok rutin aktivite için de aynı şeyi yaparız. Bu konuda yaygara koparmayı bırakırız ve bunu bilmeden önce bile, sıradan rutinin, yani öpüşmenin bir parçası haline gelir. Ve bu onun güzelliğidir, kendini günlük hayata nasıl ördüğü. Günün veya gecenin herhangi bir saatinde açılır;

saat dördünde salata munching arasında veya asansör beklerken. Konforlu alanını bulur. Birçok özel an, rutin için, sonsuza dek öpücük için yer açar.

İki yetişkin, birbirlerine bakma sözü verir, sırayla bakıcı olurlar; Ebedi öpücüğün, alnındaki öpücüğün büyülediği şey budur.

"O"nu bulmak, "onunla" evlenmek, tıpkı tutkulu olanlara olduğu gibi, platonik öpücüklerin çekiciliğini, masumiyetini ve sevgisini de insana tanıtır. Hayali karakterler tutkunun evli mutluluğun anahtarı olduğundan bahsederken, gerçek hayattaki karakterler size rutinin ne kadar anahtar olduğunu söyleyecektir. Konfor, her gün dişlerinizi soldan sağa ve yukarıdan aşağıya doğru fırçalamakta yattığı gibi, her gün partnerinizle aynı yatakta uyanmakta yatmaktadır. Tutkunun üzerinde çalışılması, canlandırılması gerekiyor. Rutin sadece olur.

Hiçbir adım, tartışma yok. Oyun oynayan zihin ve kalp doğaldır. Bazı günler alarmın çığlık sesiyle, bazen sabah öpücüğünün tatlı notasıyla uyanırsınız. Bazen içine bir düşünce koyarsınız, çoğu zaman onu zahmetsizce ve özgürce ekersiniz. Gömleğinizi ütülemek ve mısır gevreği yemek arasında "İyi günler" öpücüğünü paylaşır ve güne başlarsınız. Çamaşır yıkarken "stres giderici" bir öpücüğü paylaşırsınız, kriz zamanlarında size güç vermesi için ona güvenirsiniz. Karanlık bir gecenin ortasında, karanlık sırları ve tutkuları paylaşan ateşli bir öpücük. Bir toplantıda bir öpücük paylaşıldığında omuzların dürtülmesi yoktur. İki dudak, iki hayat arasında sadece uyum ve sevgi vardır.

Bunu tattınız mı? Eğer evet ise, o zaman geriye bakıp ne kadar ileri gittiğinize gülebileceğiniz zamandır. Yetişkinler üzerinde casusluk

KENDINI ADAMIŞ INSANLARIN ÖPÜŞMESI, AYAKKABI BAĞCIKLARINI BAĞLAMA EYLEMI GIBIDIR.

yapmaktan kendinizi eğitmeye, hileleri öğrenmek için aşk hikayeleri okumaya, onu deneyimlemek için kalbinizi kırmaya, imajınıza göre yaşamak için ebeveynlerden saklamaya, geleceği döşemek için ona güvenmeye ve ona gün içinde sıradan bir şey olarak bakmaya ve zaman zaman ateşli ve çekingen bir şekilde ziyaret etmeye, ne de olsa, öpüşen ve tamamen sevgiden öpülmekten hoşlanan bir adam buldunuz. Ve evet, "evli" bir öpücükle ilgili en iyi şey, asla bir öpücük istememeniz ve sevginin en basit, en alçakgönüllü ve en iyi ifadelerinden birinin hayatınızın bir parçası haline gelmesini izlemeniz gerektiğidir.

Gelişebilir miyiz?

Çözüm, büyümek ve öpüşme konusunda yaygara koparmak için durmaktır. Erkeklere iyi öpücükler olmaları ve kadınların ilk öpücüklerini hatırlamaları için uyguladığımız baskıyı azaltacaktır. Daha az rekabetçi bir dünya olacak. Çocuklarımıza daha iyi öğreteceğiz, daha iyi öğreneceğiz. Ayrıca, yetişkinler öpüştüğünde, yaş, cinsiyet ve ilişki bir kenara bırakıldığında kıkırdamayı bırakacağız.

Öpüşebilmeleri için sinemaya bilet alan kadın ve erkeklere patlamış mısır atmayı bırakmalı mıyım? Lütfen tavsiye edin.

Umarım cevaplara sahipsinizdir.

- Kaç yaşındasınız?
- Kardeşinin kaç yaşında evlendiğini söyledin?
- Küçük kardeşlerinize karşı sorumluluğunuzun farkında değil misiniz?
- Senin yaşındayken iki çocuğum olduğunu biliyor musun?
- Neden GEÇ evlenmek istiyorsun?
- Tam olarak ne bekliyorsunuz?
- "Bunu düşünmedim" ile ne demek istiyorsun?
- Senin gibi bir kız şimdiye kadar evli olmalıydı. Neden değilsiniz?
- Çok fazla erkek arkadaşın var, sevdiğin kimse yok mu?
- Yani, bir erkek arkadaşın var. Peki, neden ikiniz de evli değilsiniz?
- Neden yerleşmiyorsunuz?
- Neden onunla evlenmiyorsun?
- Ne zaman evlenmeyi planlıyorsunuz?
- Neden baban emekli olmadan evlenmiyorsun?
- Neden evlenmeye karar vermeden önce kilo vermiyorsunuz?
- Onunla evlenmeyeceksen neden onunla nişanlandın?
- Biyolojik saat hakkında bir şey biliyor musunuz?
- 30 yaşında evlenirseniz, romantizm için zamanınız olmayacak! "Anında" bebek yapmak zorunda kalacağınızı bilmiyor musunuz?

> Bütün arkadaşların evli. Kafanıza bir anlam koymuyorlar mı?
> Neden marriage.com'da profil oluşturmuyorsunuz?
> Neden tüm evlenme işini ciddiye almıyorsunuz?
> Sadece çiftlere özel partilerde kendinizi dışlanmış hissetmiyor musunuz?
> Bahsettiğim arkadaşın sosyal medya profiline baktın mı?
> Yaşlıların neden doğru yaşta evlenmenizi önerdikleri konusunda herhangi bir mantık görmüyor musunuz?
> Neden işini değiştirmiyorsun, o zaman belki yeni insanlarla tanışırsın?
> Kahve dükkanlarında daha fazla zaman geçirin, bekarlarla doludurlar. Kahve sever misin?
> Bekar bir kadının geleceği yoktur. Bekar bir adam olduğunuzda durum farklıdır. Bunu bilmiyor musun?
> Hala *Mills &; Boon'u* okuyor musunuz? Sorun burada yatıyor.
> Neden Aralık ayında evlenmiyorsunuz? O zaman yıllık iznimi alabilirim.
> Ne cehennem, düğünün için kilo verdim ve şimdi onu çağırıyorsun?
> Gelecek ay! O zaman sınavlara gireceğim, neden benimle kontrol etmedin?
> Peki ne zaman evleniyorsun?
> Bekar ve 30, sende yanlış olan ne? Sende bir sorun mu var?

Bir kalem yardımıyla, maruz kaldığınız veya tam tersi olanları işaretleyin. Daha da iyisi, takip eden kurallı çizgiler alanında, duymanız / cevaplamanız için yaratılmış birkaç tanesini karalayın.

....

....

....

Umarım sizin için doğru olan bir cevap bulursunuz.

"SEN NESİNİZ?"

"Evlenmek."

Kelimeler bittiğinde, bir konuşma yapmaya hazır olun. Dünyayı çok uzun süre beklettiniz, uygun bir cevap olmadan kaçmanıza izin verilmeyecek. Bir gelgitin alçak ve bir etek ucunun yüksekliğine, aile hoşnutsuzluğunun baharatına ve bir başka-aşk hikayesinin saçmalığına ve kıvılcımına, bir iplikçinin çaresizliğine ve bekarların kabulüne, tutkuyla öpüşme arzusuna ve bebek yapma arzusuna, eski bir sevgilinin lanetine ve gerçek aşk anlarına sahip bir cevap, yaşlıların nimetleri ve gençlerin onayı... Herkesi mutlu etmeye değer cevaplar.

Şunu söylemeniz gerekirdi: Neden şimdi, neden o? Deneyiminizi paylaşmanız istenecektir. Sorgulanacaksınız: Nasıl oluyor da şimdi hazırsınız? Taşınmaya istekli misiniz? İşten ayrılmayı kabul ediyor musunuz? Neden? Nasıl oluyor da şiddetle tavsiye edilen değil de o?

Genç gelinlerin hikayelerini, potansiyel damatların iletişim numaralarını ve buluşma ipuçlarını boğazınızdan aşağı itmeye çalışan arkadaşlar ve akrabalar uygun bir cevap isteyecektir.

Onların sorularını, aşkı nasıl bulduğunuzu ya da şu anda nasıl göründüğünüzü, beklemeye değer olduğunu merak etmeyin. Umurlarında değil. Sadece YERLEŞMENİZE yardımcı olan bu sıkıcı, iç karartıcı yolculuktaki rollerini kabul etmenizi istiyorlar. Üzerinize düşeni yapın, konuşmayı yapın, şükranlarınızı ifade edin ve tebrikleri kabul edin.

Ve hızlı hale getirin. Bitiş çizgisindesiniz. Çok az zaman kaldı. Çok yakında, odak noktası sıradaki sıraya kayacak. Sıranız bitecek. Spot ışığı ailedeki, mahalledeki veya kasabadaki bir sonraki bekar kıza kayacak.

Yani, evet. Neden?

Zorlayıcı istifçilikten muzdaripim ve bu yüzden size yıllar boyunca duyduğum birkaç cevaptan oluşan bir koleksiyon sunuyorum. Bir ipucu alın, onları size özel yapın.

> Babamın yüzündeki gülümsemeyi görüyor musun?
> Arkadaşlarımla dışarıda geçireceğim bir gece için izin almak zorunda kalmayacağım.
> Patlamış bir lastiği değiştirmekten nefret ediyorum.
> Hacimli kutuları taşımaktan nefret ediyorum.
> Ayakkabılarımı ödeyecek param kalmadı.
> Böylece o ve ben günün her saatinde bir kadeh şarap içebiliriz.
> Böylece bir film için eşlik etmek istediğimde sağımdan veya solumdan daha uzağa bakmak zorunda kalmam.
> Böylece annemi büyük bir anne yapabilirim.
> Böylece "bir orta boy pizza al, başka bir bedava al" teklifinden yararlanabilirim.
> Hamamböceklerine çarpmaktan nefret ediyorum.

UMARIM SIZIN IÇIN DOĞRU OLAN BIR CEVAP BULURSUNUZ.

- Merak ediyorum. Bu "sadece çiftlere özel" akşam yemeği partilerinde tam olarak ne oluyor?
- Arkadaşlarım MIL'lerini tartıştıklarında kendimi dışlanmış hissediyorum.
- En iyi arkadaşım yakın zamanda evlendi.
- Sarılmayı ve uyumayı severim.
- O benim erkek arkadaşım. Sırada elbette evlilik vardı.
- Aşkımıza bir şans vermek istiyorum.
- Kalıcı bir oda arkadaşına ihtiyacım var.
- Birinin bana inanmasını istiyorum.
- Yağmurda yürümek, el ele tutuşmak istiyorum.
- Çift kişilik bir yatakta uyumak istiyorum.
- İlgi odağı olmak istiyorum.
- Sevgiyi vermek ve geri vermek istiyorum.
- Yalnız ölmek istemiyorum.
- Bir dans partneri istiyorum.
- Facebook'ta ilişki durumumu güncellemek istiyorum.
- "Yıldönümü" tekliflerinden yararlanmak istiyorum.
- Bu fikir hoşuma gitti.
- Hayallerimi, fikirlerimi çalmayacak biriyle paylaşmak istiyorum.
- Sınırlı sayıda iyi insan stoğu olduğunu hissediyorum. Şimdi ya da asla.
- "Yasal" sekse erişmek istiyorum.
- Annem bir erkekle kilitli bir odada olduğum için beni asla sorgulayamaz!
- O benim şoförüm, tesisatçım, elektrikçim vb. olacak, hepsi bir araya gelecek.
- Kitapta herhangi bir gerçek olup olmadığını bilmek istiyorum: 'Erkekler Mars'tan, Kadınlar Venüs'ten'.

➤ Erkek arkadaşıma onun yerine "onu" seçtiğimi göstermek için.
➤ Bir şans vermediğim için pişman olmak istemiyorum.
➤ Alışveriş çantalarını taşımak için güvenilir birine ihtiyacım var.
➤ Böylece faturaları bölüşebiliriz!
➤ Böylece o ve ben Çin paket servis kutularında yaşayabiliriz.
➤ Böylece biriyle yaşlanabilirim, belki birbirimizin saçlarını boyayabilir veya protezleri düzeltebilirim!
➤ O bir ikramiye.
➤ Gerçekten, onu "gördünüz" mü?
➤ "Sana söylemiştim" oyununu oynamak istiyorum.
➤ Paylaşmak istiyorum.
➤ Danışmanlıkta, öğretimde çok iyiyim.
➤ Suç ortağı istiyorum.
➤ Arkadaşlık için, başka bir şey değil.
➤ Yaşam için arkadaş olmanın aslında ne anlama geldiğini bilmek.

Bekle, bir tane daha var.

➤ Evliliği biz seçmiyoruz, evlilik bizi seçiyor. Buna inanmayı ya da inanmamayı seçebilirsiniz. Ancak, sevdiğiniz ve sizi geri seven birini bulursanız, o kişiye tutunmalısınız. Ve eğer ikiniz de evliliği seçerseniz, o zaman evlenebilirsiniz. Eğer yapmamayı seçerseniz, basitçe yapamazsınız.

Not: Keşke burada cinsiyet sınırlarının dışında kalan sevgiden bahsedebilseydim, ama bir kez daha bunun için yer burası değil, bu yüzden onu herkes için ve herkesle sevgi için kabulde bırakalım.

Peki evet, neden?

UMARIM SIZIN IÇIN DOĞRU OLAN BIR CEVAP BULURSUNUZ.

Sizinkini eklemeniz için size alan bırakmak.

Not: Ne seçerseniz seçin, bekarlık ya da evlilik. Umarım bunu size doğru görünen nedenden dolayı yaparsınız.

Dünya *yağa aittir.*

YIL 2004, ÜNIVERSITEDE okuyorum. Bu kursa Kitle İletişimi diyorlar, bu da dünyanın bundan sonra istiridyemiz olacağı ve iş teklifleriyle şımartılacağımız anlamına geliyor. Bize bir yerleştirme hücresine sahip olmadıklarını söylemeyi unutuyorlar. Öğrencilerini satmaya inanmıyorlar. Kendimizi satmayı öğreniriz: herkesin yemek için bir dilime ve uyumak için bir yatağa ihtiyacı vardır.

Ama bu yüzden yıl hayatımda önemli değil. Bu önemlidir, çünkü iki şişman arkadaş edindiğim yıl, aslında üç: üçüncüsü de *şişman* olduğunda ısrar ediyor. Dünyanın sadece *şişman* insanları sevdiğini öğrendiğim yıl. Ve ben, *zayıf* insan, dünyanın sevgisini ve dikkatini asla kazanamayacağım. Dünya *yağa* aittir. Düşünce kuruluşları, kişisel gelişim kitapları, blog yazıları, videolar; hepsi onlara odaklanır.

"Nasıl iş bulacağım" konusunda endişelenmeyi bıraktığım, ancak "şişman dünyada nasıl yalnız hissetmeyeceğim" konusunda endişelenmeye başladığım yıl.

Yağ ayrıcalıklıdır.
Ben *zayıfım*.
Biz *zayıfız*.
Yalnızız, ihmal edilen biziz.
İnsanlara *şişman* diyemeyiz çünkü onlara zarar vereceğiz. Ya da

onlara *şişmanya* da *şişman*deyin.

İnce, sıska, ipeksi, yağsız, iskelet, zayıf, tüm kemikler ve *deri yok* ve ŞANSLI olarak adlandırılabiliriz: Tamamlanıyoruz. Biz kutsandık.

Yağ, tamamen büyümüş ve *havaya uçurulmuş* olsalar bile dikkat gerektirir. *İnce* olanlardan daha fazla ilgiye ihtiyaçları var.

Kampüsümüzde, öğle yemeği için oturduğumuzda, sohbetler yağın ne yediği, yağın ne yediği, yağın ne istediği, yağın ne istediği, *yağ* fedakarlığının, yağın *neyi*

> Ah, şanslı!
> Kendini besle, seni sıska kız.
> Tanrım, looooSSSsssst'i daha fazla kilo almayı sevdin mi?
> Ah, sen şanslısın, şanslısın kızım.

feda ettiği, *yağın* neyi sevmediği, yağın neyi sevmediği etrafında döner... Kimse bana *ilgi alanlarımın* ne olduğunu sormuyor. Böyle bir öğle yemeğinde *şişman* biri bana *yetersiz beslenmiş* diyor. Herkes *benim* pahasına iyi bir kahkaha atıyor. *İnce* kardeşliğin, sempatinin sadece *yağ* için olduğunu bilmesi gerekir. Kendimi nasıl beslediğim, kilo almama veya *kendimi zayıf* tutmama izin vermeyen bir hastalıktan muzdarip olduğum hiç kimseyi ilgilendirmez. Ben sadece ŞANSLIYIM. Bunu nasıl yaptığımı bilmek istiyorlarmış gibi davranıyorlar ama bu soruyu cevaplamama izin vermiyorlar. Oh, onlar sadece benden NEFRET EDİYORLAR. *Yağ* konuşma konusu, *ince* alay konusu olur.

Az önce sizi kadınların birbirlerine karşı işleyebilecekleri en büyük suçlardan biriyle tanıştırdım.

DÜNYA YAĞA AITTIR.

Sabırla oturup hepsini dinliyorum, özellikle de kadın olduğum için. Bir kadın olarak, *şişman* bir kadın olmanın nasıl bir lanet olduğunu anlamam gerekiyor. Hormonları, trafiği, gofretleri, güneşi, tembelliği, rüzgarı, genleri, oda arkadaşlarını, hastalığı, özgürlüğü, ayrılıkları, kombo burger yemeklerini, ayı suçlayabilirsiniz ... şişman benliğiniz için hemen hemen her şey.

Bu gerçekten bir lanet mi? Öyle mi?

Çok *şişman* olmak, çok *İNCE* olmak, her ikisi de ideal değildir. Kabul. Ama neden yargılamaya, yargılanmaya izin verelim? Daha da kötüsü, neden kendimizi ve meslektaşlarımızı yargılıyoruz? Mükemmel tanımınız sizindir. Sağlık, güzellik ve fitness hedefleriniz sizindir. Benimkiler benim. Diyet yapmak suç değil, ekstra mayonez istemek suç değil. Bununla birlikte, birbirinize ne yemeniz gerektiğini, yiyebileceğinizi, yememeniz gerektiğini söylemek bir SUÇTUR. İkinci bir yardımı göze alamadığınızda İŞİNİZ. Uyduğunuz şey yine sizin İŞİNİZ.

"Zayıf olduğun için ŞANSLI olduğunu söylemek senin için kolay!" Az önce bunu söylediğini duydum mu? (Hayır, değil. Benim hayatım tıpkı seninki gibi. Aynam da gerçeği söylüyor.)

Tabii ki yaptım. Çünkü kadın, tartım terazisinde kadının en büyük düşmanıdır. Ve *şişman* düşmanlar *ince* düşmanlarla böyle konuşurlar.

> "Ah, ŞANSLISIN. Patates

Kadınlar her zaman BIRAZCIK da bu ya da KÜÇÜK bu. Aynaya bakıp gördüklerimizden biraz mutlu olamaz mıyız?

kızartmasını yan olarak sipariş edebilirsiniz! Benim için bir salata olacak. Limon suyu alacağım, lütfen. Cola, senin için mi? Hayatınız mükemmel. Bir gün, bir hile gününde, o peynirli burgeri sipariş edeceğim!"
- "Ah, zayıflama çayı programındayım. Ne kadar ŞANSLI olduğun hakkında hiçbir fikrin yok! Aah, zayıflama kemerleri, zayıflama hapları, altı egzersiz DVD'sinde zayıflamak ve daha fazlası olmadan bir hayat." (*Sürpriz! Ben de tele-alışveriş izliyorum ve sosyal medya algoritmam da beni her türlü reklamla karşı karşıya getiriyor!*)
- "Senin toplum içinde senin gibi özgürce dans edemem. Şişkinliklerim bana izin vermiyor. Zevk alıyorsun kızım, sen ŞANSLISIN, harika bir metabolizmaya sahip ŞANSLI kız."
- "Daha fazla kilo vermiş gibi görünüyorsun! Gerek bile yok mu? Neden koşu pistindesin?"
- "Ah, nereye gidiyorsun? Bir bikini-plaj tatili? ŞANSLISINIZ!" (*Not: Her ince vücut bikini giymek için bir rüyayı beslemez!*)
- "Hadi, başka bir yardım alabilirsin. Ödeyebileceğin ŞANSLISIN!"
- "Neden merdivenleri kullanıyorsun? Asansörü kullan, sen ŞANSLI! Kalorileri yakmamız gerekiyor, sen değilsin!"
- "Ah, ŞANSLISIN! O elbiseyle kendini gösterişli!"
- "Bana her zaman *ZAYIN* olduğunu mu söylüyorsun! Sen ŞANSLISIN, ŞANSLI b***h!"
- "ŞANSLISIN, yemek yiyorsun *ama* asla kilo almıyorsun! Nefes alıyorum ve kilo alıyorum!"
- "ŞANSLI, ŞANSLI, ŞANSLI."

Ve bu, *zayıf* düşmanların nasıl savaşmak isteyeceğidir, ancak yapmazlar. Bunun yerine, akşam yemeğinde size Diyet Kola sunarlar, bir mağazada pantolondaki karın germe ve daha fazlasını bulmanıza yardımcı olurlar.

DÜNYA YAĞA AITTIR.

> "Neden şikayet etmeyi, karşılaştırmayı bırakmıyorsun? Şimdi huzur içinde yemek yiyip egzersiz yapabilir miyim?"

Woohoo! Bu iyi hissettirdi, gerçekten çok iyi. Şimdi bu yük göğsümden çıktığına göre, duruma geri dönelim ve bir arada var olup olamayacağımızı görelim. Bu acıyı gidermeye çalışalım.

Vücudumuza saygılı davranarak başlayabiliriz. Kedi dövüşü hoş değil. Ayrıca, hem *şişman* hem de *zayıf* kadınlar (ve erkekler) incinir. Tavuk kanatları, kek üstleri ve bira göbekleri ile birbirimizi kabul edelim. Sana karşı nazik olacağıma yemin ederim, iyiliğe karşılık verir misin?

Dünya yeterince bölünmüş durumda, daha fazla bölmeyelim.

Şişman kadınlar tarih bulamıyor. *Zayıf* kadınlar tarih bulamazlar.
Şişman kadınlar güzel kıyafetler bulamazlar. *İnce* kadınlar güzel kıyafetler bulamazlar.
Çikolata gibi şişman kadınlar. *İnce* kadınlar çikolata gibi.
Şişman kadınlar güzeldir. *İnce* kadınlar güzeldir.

Oh, bu kadar *ince* olmak çok güzel olmalı! Hiç bir şey yedin mi?

Bana gelince, dünya bana düşman olmaya devam ediyor. Ben *zayıfım*. Egzersiz yapıyorum çünkü vücudumun buna sizinki kadar ihtiyacı var.

Yine de senin en iyi arkadaşın olabilirim. S ve L veya XS ve XL için birlikte alışveriş yapabiliriz. Kilo vermenin çok şey gerektirdiğini anlıyorum, aynı şekilde *ince* kalmak da çok şey gerektiriyor. Son 12 yıldır kilo vermeye çalışan ve gerçekten *ihtiyacı* olmayan bir çocukluk arkadaşı, her zaman bir takdir için bana bakıyor. "Ah, çok fazla kilo verdin," diyorum ona her yıl bir araya gelmek için buluştuğumuzda ve kaldığımız yerden yetiştiğimizde. Bakın, hepimiz arkadaş olabiliriz.

Evet, çörekleri ve gofretleri SEVİYORUM. ŞANSLI, ŞANSLIYIM!

Ben de yürüyorum, atlıyorum, yüzüyorum ve bisiklete biniyorum. Oh, sen sadece dinlemeyi bıraktın.

Evet, çim benim tarafımda daha *ince*.
Eminim *zayıf* kadınlar *da şişman* kadınlara karşı suç işliyorlar. Bana yaz, bana daha fazlasını söyle. Bunu ele alacağıma söz veriyorum. Seninleyim, kız arkadaşım. Ama üzgünüm, bu bizim için bir tanesiydi, *ince* underdoglar.

Bu arada, alıngan olmayı bırakabilir miyiz? (*Aptalca*)

Şişman gelinler GÜZELDİR.

ŞİŞMAN KADINLAR DÜĞÜN günlerinde en çok kendilerinden nefret ederler. Düğünlerinden önce kilo vermek zorundalar. Bir nedime olarak, şişman arkadaşlarıma, sevdikleri veya arzuladıkları veya kilo verme programlarına zarar verebilecek yiyecekleri sipariş etmeyerek ve yemeyerek destek oldum. Ve hepsi güzel ince gelinler için yaptı.

> *Zayıf* kadınlar sadece uyanabilir, aşık olabilir ve evlenebilir. Kaybedecek hiçbir şeyleri yok!

Zayıf kadınlar sadece uyanabilir, aşık olabilir ve evlenebilir. Kaybedecek hiçbir şeyleri yok!

"Kilo vermek zorunda bile değilsin! Neden bu kadar uzun *süre kilo* aldın (*kötü pun!*)? Şimdi ne yapacaksınız? Düğüne kadar uyanık saatleri nasıl dolduracaksınız? Egzersiz yapmak ya da diyet yapmak zorunda değilsin!"

> Düğünüm sırasında "utanç verici" iki basamaklı bir tartıma sahiptim.

Acemi birliği, gevreklikler ve koşu bandı olmadan evlenmek mümkün değildir. Yapılacaklar listem eksikti: kemikli. Düz bir karın isteseydim, bunu başarmak için çalışsaydım, kimseye söyleyemezdim. "Aah,

○

hiçbir şey için yaygara koparan *ince* kız."

Düğünüm sırasında "utanç verici" iki basamaklı bir tartıma sahiptim.

Gelin genini özledim.

Ve evet, bunca yıldır bana *hiç zayıf* demeyen tek kişi annem. Bana *zayıf* diyor. Anneler, onlar sadece kalbimi eritiyorlar. Bu notta, anneler GÜZELDİR. Anneler güzeldir. Sadece tekrar söylemek istedim.

Sen sütyensin, sütyen sensin.

GÖĞÜSLER, GÖĞÜSLER VEYA göğüsler. İkiz zirveler?!

Bugünlerde *onlara* ne diyoruz? Kamuoyunda, demek istiyorum ki.

Stres yok, eğer sorudan rahatsızsanız. Bu *kişisel* bir konuşma. Gizliliğinize saygı duyuyorum. Bu bölümü atlayabilirsiniz, ancak özür dilerim, yayıncı veya benim tarafımdan geri ödeme yapılmayacaktır.

Kadınların giyinmeyi sevdikleri söylenir ve bu aktiviteye çok zaman harcıyoruz. Araştırmacılar, bir ömür boyu iki yıldan fazla bir sürenin içine girdiğini iddia ediyorlar. Bu nedenle, bu vücut kısmını, yani hem sol hem de sağ göğüslerimizi giydirdiğimizi söylemeye gerek yok.

Onları giydirdiğimiz giysiye sütyen denir. Muhtemelen bunu biliyorsunuzdur. Bunu bilmelisiniz.

Sevimli, küçük, minyatür, dolu, muazzam, titrek, hassas, parlak, kabarık, pürüzsüz, yumuşak, genç, pembe, dolgun, eğlenceli, jöle benzeri, şiddetli, neşeli, güzel, yaramaz veya sevimli. Hepimizin bunlardan bir çifti var. Birçoğu, fark etmiş olmanız gerektiği gibi, onlar için de sıfatlar belirlemiştir.

Böylece burnunuzdan nefes alırsınız: ortak bilim. Göğüslerinizden nefes alırsınız: sağduyu.
Nefesini tutabiliyor musun?
Evet, ne kadar süreyle?
Bir. İki. Üç. Dört. Beş. (Sayalım)

> *Herkes hayatta, onları bir daha asla aynı kişi olamayacakları şekilde değiştiren bir deneyimden geçer. Adı 'sütyen giyme deneyimi'.*

Daha uzun süre mi tutacaksınız?
Göğsünüz elastik bir bandın bir parçası tarafından bir arada tutulur.
Akciğerler aniden iyi işlerinde emer, emer.
Elleriniz arkaya ulaşmaya çalışıyor.
Arka aniden önden çok uzak.
Gün uzun. Çok zor nefes alıyorum. Sırtlık, "yarı bağlı" gümüş varlıkların uyumunu bozar. Bant yumuşak, genç, esnek ciltte bir iz bırakır.
Çizilme dürtüsüne direnmek.
Bilekleriniz bağlanmıştır (mecazi olarak).
Kelepçeli, serbest kalmak için bekliyorsun.

Hiç kimse boğularak ölmemeli veya boğulmamalıdır (kurtarılsa bile). Boğulmanın ne kadar ölümcül olduğunu bilmiyorum çünkü yüzmeyi biliyorum ve ayrıca beş metre derinliğindeki herhangi bir şeyin ötesindeki sınırlamalarımı biliyorum; sadece kimsenin bundan geçmek zorunda kalmaması için.

Ellerin ve bacakların aciliyeti ve agresif tekmelenmesi. Nefes almak için sonuçsuz keşif: hava, her yerde hava, nefes almak için bir homurdanma değil. Sefalet, rahatsızlık: istenmeyen.

SEN SÜTYENSIN, SÜTYEN SENSIN.

Hiç sütyen giydin mi? Şu anda bir tane giyiyor musun? Nefes alıyor musun? Bunu bana kanıtlamanı istiyorum, nefes alan parça. Burada, bir tane takarken armonika üzerinde 'Mutlu Yıllar' çalın.

Birdenbire size "kabarıklığın" yetişkin bir özellik olmadığının söylendiği günü hatırlayabiliyor musunuz?

"Ah, boğulacaksın kızım."

Hayatınızı bir daha asla aynı kişi olamayacağınız şekilde değiştirecek bir deneyim.

Bir sütyene ihtiyacın var. Dünyanız çöküyor. Zincire vurulmanız gerekiyor. Evet, sen etrafta zıplayan küçük gençsin. Göğüslerin etrafta oynamasına izin verilirse dünyaya ne kadar zarar vereceğinizi biliyor musunuz? Tabii ki, yapmazsınız. *Henüz değil.*

Şu anda, belki de göğüslerin çapkınlığı ifade eden bir kelime olduğunu bile bilmiyorsunuz, göğüsler broşürlerde "kanser" den bahseden bir kelimedir; çoğu insanın acele ettiğinde meşgul olmak yerine büstü yazması (T ve Y, tuş takımında stratejik olarak birbirinin hemen yanına yerleştirilir) ve insanların "tid" bitleri söylediğinizde kıkırdaması. Tabii ki, yapmazsınız. Bu yüzden size sütyen giyme zamanınızın geldiğini fark edip etmediğinizi sormak sonuçsuz olacak mı? Çünkü yapmadın. Ama etrafınızdaki herkes yaptı.

Annen sana düz, çirkin beyaz elastik bir bant verirken yaptı. *(Çoğu evde, genellikle başlamak için beyaz düz sütyenler: Özellikle iç çamaşırı yolculuğu Disney Prensesi'nin poposunu noktalamasıyla başladığından beri nedenini bilmiyorum.)*

○

Teyzen sana dirsek attığında dikkatli bir şekilde eğilmen için yaptı.
(*Derin bir boyun takmak bundan sonra asla aynı olmayacaktı.*)
Okuldaki bir son sınıf öğrencisi, beyaz gömleğinin altından sıcak pembe, dantelli bir şey gösterdiğinde yaptı.
Yoğun bir tren istasyonundaki bir yabancı, seni el yordamıyla dövdüğünde bunu yaptı.

Etrafınızdaki herkes, sizin dışınızda bir tane giymenin zamanının geldiğini biliyordu. İçinde bulunduğunuz geminin batmakta olduğunu bilen son kişi olmaktan bahsedin.

Evet, sütyen sizin bir parçanız. Varlığınızın özü budur: yadigâr gibi size teslim edilir.

"Sen sütyensin, sütyen sensin." Dönem.

Şu anda, düşünüyorum, size "birilerinin" birine ihtiyacım olduğunu fark ettiği yaşı, yani sütyene ihtiyacım olduğunu açıklamalı mıyım? Çünkü görüyorsunuz, göğüslerin dünyası affetmez, boyut önemlidir (ne düşündüğünüzü biliyorum, özür dilerim, oraya gitmiyorum). Bana hem erkeklerin hem de kadınların büyüklükleri konusunda eşit derecede rahatsız olmaları gerektiği söylendi. Tabii ki katılmıyorum. Evet, ikinci bir yardımla yapabileceklerini düşünen kadınlar var ya da tam tersi, ama hiç kimse, tüm "düzenlemeden" bu kadar mutsuz değil.

Evet, bu patlayan göğüs işi işi var. Bu tür bir param olsaydı, aileye doğacak kadın nesli için ömür boyu sütyen tedarik ederdim. Ya da belki bir fıstık ezmesi imparatorluğu kurun. Ya da her ikisini.

Size ilk giydiğim yaşı ve şimdi giydiğim bedeni söylemeyeceğim

SEN SÜTYENSIN, SÜTYEN SENSIN.

bir başka neden de "sütyen konuşması" nın kişisel bir mesele olmasıdır.

Son dakika haber uyarısı: Bekle, gerçekten değil!

Çünkü her yerde sütyen gördüm. HER YERDE.

Plajlarda, dolabınızda.
Filmlerde, showroom pencerelerinde.
Köpeklerin ve kedilerin sahiplerini *ağızlarında tutarak* selamladıklarını gördüm! Yeni yürümeye başlayan çocukların onunla oynadığını gördüm. (*Feminizmi* de anlamıyorlar.)
Clotheslines'ta, web sitelerinde.
Tişörtlerin altında, kanepelerin arkasında.
Bunu insan bedenlerinde gördüm.
Evet, ben nosey'im.

Bana inanmıyor musunuz? Üzerinde moda kanalı olan bir televizyonunuz var mı? Orada, podyumda sütyen giyen kadınları görüyor musunuz? Hem erkeklerin hem de kadınların varlığında. *Gülünç*. Ve ön sıralarda defterler ve kameralarla donanmış bu insanlar benim özel giysim belgelemektedir.

Bir adamın bir müzede kasıklarını kaşımasını izlemek beni kızdırıyor, oysa bir memeyi çizmek için bir tuvalet bulmam gerekiyor!

Sütyen giymemin zorunlu olmadığı bir gezegene göç etmek istiyorum.

Hayır, teşekkür ederim. Sütyenimi nasıl bağladığıma dayanarak kişiliğimi belirleyen sınavlar oynamakla ilgilenmiyorum!

Dünyadaki en güzel duygu eve ulaşmak ve sütyenden kurtulmaktır.

○

Giysi özel değildir, sütyen konuşması kişisel şeyler değildir.

"Bu sadece benim işim değil. O da senin."

"Sen *de* sütyensin, sütyen sensin." Dönem.

Tamam, itiraf modunda itiraf edelim: Size çok erken giymeye başladığımı söyleseydim, beni şanslı mı yoksa şanssız mı olarak etiketleyeceksiniz? Aynı şekilde, size çok geç giydiğimi söyleyecek olsaydım? Orta bir yolun sizin için kabul edilebilir olup olmayacağını bilmiyorum.

Beni, bizi yargılayacağını biliyorum.

Saygısızca, ilk seferim muhtemelen seninkine benziyordu.

Bir gün annem bize bu bandı göğsümüzün etrafına takmamız gerektiğini söyler ve hayatımızın bir parçası haline gelir. Tıpkı sivilce, iplik, tırnak boyaları ve yüksek topuklu ayakkabılar gibi.

Vay.

Birkaç yıl sonra hem kayışları ayarlamayı hem de boğulmanın neden olduğu ölümleri önlemeyi öğreniyoruz.

Ben bir yetişkinim.

Bir sütyen giydiğiniz an, bunun için heyecanlanmanız gerekir.

Bu ani "yetişkin" hissini kutlayın.
Evet, elbette.

SEN SÜTYENSIN, SÜTYEN SENSIN.

Kancalar cilde ısırır. Kayışlar kırmızı izler bırakır. Elastikler döküntülere yol açar. Teller ruhumu incitti. Net uygunsuz bir şekilde bir noktada toplanır. Ped çizgisi görülebilir. Meme uçları düşük kalmayı reddeder.

Ve daha da kötüsü, görünür külotlu çizgilerin giysiyle bir araya gelmesidir; sütyen vs göğüsler bout.

Ama hiç kimsenin dertlerimizi dinleyecek sabrı yok.

Bu ani "yetişkin" hissini kutlayın. Benimle dalga mı geçiyorsun?

Utanmayı bırakmalıyız.

Onu giymekten nefret etmek ya da beğenmek. Her iki durumda da, bu konuda utanmayı bırakmalıyız. Onlar kim olduğumuzun ayrılmaz bir parçası, bu şeylere her zaman ihtiyacımız var, sadece merdivenlerden yukarı ve aşağı koşarken değil.

Göğüslerimiz var ve sütyenlere sıkışmışlar, Tanrı aşkına! Neden *onlara* sahip değilmişiz gibi davranmak zorundayız?

Eğer bir adada mahsur kalsaydık, sütyen giyiyor olurduk. Adada bizimle birlikte olacak beş şeyde

Sarkmalardan sandığınız kadar korkmuyoruz. Dergilerdeki *o aptalca* makaleleri okumayı bırakın.

bundan bahsetmemize bile gerek kalmayacak: Bir sütyen + 5 başka şey gibi. Kız ikramiyeleri. Sütyenler bizim için bu kadar önemli.

Öyleyse, dünyaya bizim bedenimizde kot bulamadığımızı söylemeye devam edebilirsek, sütyen hakkında da konuşmamıza izin verilmemeli mi? *Nedensel olarak* olduğu gibi.

Ayrıca, neden tuvalette veya yatakta, kanepede veya dolapta gözetimsiz bırakamıyoruz ve utanmıyoruz veya fikir öneremiyoruz? "Şimdi onların onunla oynayacağını öne sürmeden?"

Sütyen görünürlüğü, genç erkeklerin ve henüz büyümemiş yetişkin erkeklerin, iç çamaşırlarını popo çatlaklarını görmemiz için yeterince düşük giymelerine veya kotlarını bellerinin altına takmalarına eşdeğer olmalıdır, böylece iç çamaşırı kayışlarını marka adını taşıdığını görebiliriz.

Erkekler "yelek" giyerken, sokaklarda "yeleksiz" dolaşıyormuşuz gibi davranmak bizim için yorucu ve gereksiz.

İyi haber: Kayış görme artık kabul edilebilir hale geldi.

Ve bu arada, göğüslerin etrafında dönen kaba şakalara gülmeyi bırakmalıyız. Ya da gözüpek adamların bu konuda açıkça konuşmasına izin verin, "Ah, onunkiler taze, genç ve sulu, portakal gibi bir elma, bu tür bir şey."

Her şeyi söyledikten sonra, mutluluk gerçekten günün sonunda sütyenden kurtulmakta yatıyor. Zincirsiz iyi bir gece uykusundan daha iyi bir şey yoktur. Her zaman giymek rahatsız edici olabilir, ancak Ulusal Sütyensiz Günü'nü teşvik eden klan değiliz. Bu

SEN SÜTYENSİN, SÜTYEN SENSİN.

fikir nereden geldi? "Biz modern, özgür ve bağımsızız. Sütyen giymeyeceğiz. Biz özgür bir ülkeyiz. Neden şımarıklığımızı gizlemeliyiz? Dünyaya neyle kutsandığımızı göstereceğiz." *Saçmalık.*

Not: Kendinize yakışın lütfen.

Hayır lütfen, bunun yerine ızgara ekmek kızartma makinesini tercih ederim.

SÜTYENİNİZ HERKESIN GÖRECEĞI nişan yüzüğü değildir, ancak iyi oturması ve iyi görünmesi gerekir. Neden? Çünkü...

1. Her gelin adayı ya utangaç bir şekilde gülümsemeli ya da Victoria's Secret'tan bahsederken cesur ve seksi benliğini kabul etmelidir.
2. Düğün partisinde en az bir kişinin iç çamaşırı hakkında bir şaka yapması, bir parça iç çamaşırı hediye etmesi gelenekseldir: pervasız, aptalca kıkırdamalarla sonuçlanır. (Aşağıya bakınız)
3. Her gelinin göğüsleri için minnettar hissetmesi gerekir, çünkü onlar olmasaydı onunla asla evlenemezdi. Kelimenin tam anlamıyla, bu doğrudur ama derin içsel sırlardan bahsediyorum.

Ayrıca, iç çamaşırları çiçek açanlardan külotlara, üniformalardan G-string'lere kadar yeterince konuşulduğu için: evden külotsuz ayrılan bir kadın (yine iyi bilinen biri, sen ve ben değil) manşetleri bile kaptı.

İç çamaşırı alışverişi denildiğinde bile kimse sütyen alışverişini sevmez. Sütyen alışverişini sevenler, düğün zamanlarında iç çamaşırını çevreleyen şakalar yapan, "sizin" iç çamaşırı çekmeceleriniz için "kendi" yenileme planları konusunda eşit derecede heyecanlı, utangaç veya cesur olmanızı bekleyen cinstir*. Pamuktan satene, yarışçı sırtlarından rhinestone kayışlara ve bejden fuşyaya ani bir geçiş yapmanızı gerektirirler. Tüm bunlar boyunca bluzunuzun veya pantolonunuzun altına ne giydiğinize dair hiçbir fikirleri yok (belki de orada saf cazibeyi saklıyorsunuzdur) ama değişim zamanının geldiğini biliyorlar.

Hayatınızı bir daha asla aynı kişi olamayacağınız şekilde değiştirecek bir deneyim.

Onlarla iç çamaşırı alışverişine çıkmanız için sizi dürtüyorlardı ya da daha kötüsü, düğün hediyesi olarak size bir sütyen külotu seti hediye ediyorlardı.

"Hayır, lütfen, bana ızgara ekmek kızartma makinesi vermeyi tercih edersin."

İlginçtir ki, hem evli erkeklerin hem de kadınların iç çamaşırı ihtimalinden heyecan duymaları gerekiyor, hayatınızın asansörde, mutfak rafında kontrol edilemeyen tutku dürtülerinin ani eylemleri etrafında dönmesi gerekiyor. Ve bu düğün hediyeleri ve zorla alışveriş çılgınlığı, "senden yeterince alamıyorum" eylemlerinin seks ve chutzpah bölümünü artıracaktır.

Oh harika, aniden, hiçbir şey özel iş değil! Yatak odasında veya

HAYIR LÜTFEN, BUNUN YERİNE IZGARA EKMEK KIZARTMA MAKİNESİNİ TERCİH EDERİM.

balayı süitinizde yaptığınız şey halka açık haberlerdir. "Ah, ne yaptığını biliyoruz!" Gerçekten?

Evet, elbette.

Yenileme aynı zamanda renklere ve eşleşen sütyen külotu setlerine de vurgu yapıyor. "Bakın, acı gerçek şu ki, kocam benimle evlendi, çünkü şampanya pembesini başka bir şampanya pembesiyle ya da bir papağan yeşilini başka bir papağan yeşiliyle doğru bir şekilde eşleştirebileceğimden ya da leylak, leylak rengi ve mor arasında ayrım yapabileceğimden emindi."

Çoğu erkeğin renk körü olduğunu size kim söyledi? Yanlış bilgi, size söylüyorum.

Önerilerim:

1. Göğüslerinizi sizden daha iyi anladıklarını düşünen kadınlardan uzak durun.
2. Göğüslerinizin sizden daha iyi görüneceğini bildiklerini düşünen kadınlardan uzak durun.
3. Ne tür bir göğüs görmenin damatınızı baştan çıkaracağını bildiklerini düşünen kadınlardan uzak durun.

*Bu amaçla özel bir çekmeceniz var mı? Lezzetleri nasıl tek bir yerde tutarsınız?

▶ Otellerde konaklamalardan alınan çamaşır torbaları iyi çalışıyor.

➤ Büyük Noel çorapları da kullanışlıdır. Aksi takdirde çoraplar yılın geri kalanında israf olurdu.

Not: Sadece kendiniz ve kocanız için alışveriş yapmak istiyorsanız, lütfen bunu yapın. Kendinizi şımartın, onu mutlu edin. Evde sadece sütyeniniz ve sıcak pantolonunuzla oturun derim. Kendinizi mutlu hissedin. Haute, ateşli Carrie Bradshaw'un (*Sex and the City*, evet şova geri dönmeye devam ediyorum) sadece bir sütyen (ve bir çift şort) giyerken en iyi sütun girişlerinden bazılarını nasıl yazdığını hatırlayan var mı? İlham vermeye devam edin, diyorum. Ve hayır, iç çamaşırlarında sıcak görünmek zorunda değilsiniz, baskının kaldırılmasına izin verin. İç çamaşırlı iyi görünümlü kadınlar *benim* için, *bizim* için yok. Göğüslere yağ ile masaj yapmak, kürklerini mumlu hale getirmek. Bu ayrımcılığın durması gerekiyor.

Ayrıca, önemli olan gerçek şeyler hakkında konuşmamaktan bahsettiğimi biliyorum, ama buna yardım edemem. Düzenli meme taramalarına gidin. Meme kanseri denilen kötülükle farkındalıkla, nezaketle savaşın. Birbirinize ŞİMDİ bunun için gitmelerini hatırlatın, Ekim ayını beklemeyin. Erkeklere de düzenli kontrollere gitmelerini hatırlatın.

Erkekler sütyenler, göğüsler hakkında ne biliyor? Hiç.

TOPLULUK OLARAK SÜTYEN ve göğüsler hakkında açıkça konuşmamaya karar verdik. Öncelikle, erkekleri korumak için. Sütyenlerin "narinleri" güvende tutan ipek-yumuşak kumaş parçaları olduğunu ve ayrıca bir tanesini nasıl çıkaracaklarını bilmelerinin övgüye değer olduğunu düşünerek en iyi şekilde bırakılırlar.

Bilmeleri gereken veya bilmek istedikleri tek şey budur.

Sizinle sütyen alışverişine gitmek istemiyorlar, çoğu. Annesinin şimdiye kadar iç çamaşırını satın almış olma ihtimali var (eğer bir tane giyerse!), bundan sonra sizin olabilecek bir sorumluluk.

Günün sonunda birinden kurtulmanın rahatlığıyla ilişki kuramaz. Sütyenler veya göğüsler hakkındaki saçmalıklarını duymayın: ikisinden birini taşıma deneyimleri yoktur.

"Ve evet, onları okşamak deneyime bile yaklaşmıyor" diyor 34B boyutunda.

Bunları biliyor muydunuz? Bankalar olmadığında, servetimizi güvende tutan sütyenler vardı.

Bilmelisin. Hem erkeklerin hem de kadınların düzenli meme muayenesi kontrollerine gitmeleri gerekir. Sadece tekrar söylemek istedim.

Son söz: Meselenin gerçeği, göğüslerin kendi zihinlerine sahip olmalarıdır ve sütyenler de öyle. İyi bir günde, size sorun çıkarmazlar ve kötü bir günde, kendinizi içeri kilitlemeye zorlayabilirler.

Yeterli. Avukatı arayın.

EVLİLİK ZOR INSANLAR içindir. Herhangi bir ilişkinin başarısına meydan okumak için sadece yeterli olan düzenli market alışverişini (günlük ve haftalıktan aylığa kadar değişen) içerir. Süpermarketteki her koridoru ziyaret ediyor musunuz, yoksa sadece bir şeyler seçmeniz gerekenlere mi uğrarsınız? Süpermarketlere ve hipermarketlere seyahat etmek arasında geçiş yapıyor musunuz? (Evet, onlar farklı. Ayrıca, yalnızca temel özelliklere sahip olan mahalle mağazası ve temel ihtiyaçlardan daha fazlasına sahip olan ancak ürünlere dokunamadığınız, hissedemediğiniz çevrimiçi mağaza var.) Bakkal listesini kim çıkarıyor? Sen, başka kim? *Sadece anlamıyorsun, değil mi?* Benim gözümde, bir yıldönümünü unutmak affedilebilir, çok tahıllı bir ekmek somunu almayı hatırlamamak değil. Kahvaltıda ne yiyeceğiz, kırmızı güller?

Evlilikler kritik şeylerden oluşur. Klozet kapağı, bok kabındaki menteşeli koltuk gibi. Konumlandırılması, hayal edebileceğinizden çok daha büyük sorunlar yaratabilir. Ve sorun gerçekten nedir? Yukarı mı yoksa aşağı mı istiyorsun? Adamınızın doğru bir şekilde nişan alamayacağını mı söylemeye çalışıyorsunuz? Yoksa tuvalet kağıdınız bitti mi? Koltuğun her tarafına işiyor mu ve koltuk şemsiyesiz bir şekilde korumasız yakalanıyor, her tarafa damlatılıyor, ıslak, mutsuz mu bırakılıyor? Adamınız lazımlık eğitimi almamışsa kimse kurtarmaya gelemez. Ayırma dosyası. Veya bekleyin. Başka bir çözüm daha var, ancak bu sadece bunu karşılayabiliyorsanız. İki banyosu olan bir eve taşının, onları O'nun ve O'nun olarak işaretleyin. Başka bir notta, diğer kocaların kaka yapmasının neden bu kadar uzun sürdüğünü hiç merak ettiniz mi? Şimdi, bu bir gizem. Bunu daha sonra çözmeye odaklanın.

Klozetten ıslak havluya. Bir evliliğin ıslak havlunun nereye yerleştirildiğiyle ilgili olduğu konusunda çok sayıda şakaya ve ciddi tartışmalara maruz kalarak, iki kişi arasındaki birliğin bu önemli unsuruna bu kitapta biraz yer vermeye karar verdim.

Filmler ve pembe diziler, çiftlerin en çok ıslak havlu için kavga ettiğine inanmanızı ister. İçinde herhangi bir gerçek var mı? Erkekler gerçekten duştan çıkıp ıslak havluyu konfeti gibi havaya atıyor ve sonra nereye düştüğünü görmek için hayretle izliyorlar mı? Yoksa sisli elemanı stratejik olarak yatağın tam ortasına mı yerleştiriyorlar? Ya da belki de su birikintili yığını zemindeki o noktaya yerleştirmelerine izin veren bir nokta tanımlayıcıları vardır, bu da sizi gezdirir, düşürür ve kavga etmenizi sağlar!

Evlendiğimiz erkeklerin bir hayvanat bahçesinde yetişmediğine inanmak istiyorum. Balkona çıkmak ve havluyu çamaşır ipine yayma sanatını öğretmek için bir itmeye ihtiyaçları olabilir, ancak havlu kesinlikle *"Tom & Jerry'yi* oynayalım!" deme şekli değildir. Gerçekten kötü olmak ve Jerry oynamak istiyorsanız, buzdolabından bir şeyler getirmesini isteyin. Çoğu erkek buzdolabı körlüğünden muzdariptir. Arkanıza yaslanın ve en üst rafın sağ tarafında bulunan süt kartonunu ararken hayal kırıklığına uğramasını izleyin. Atanan görev dışında her şeyi yapacağını söyleyen ifadeyle geri dönmesi için birkaç dakika bekleyin. O anda, gülümseyin ve kartonu kendiniz almayı teklif edin, karşılığında ıslak havluyu görüşünüzden çıkarmasını söyleyin.

YETERLI. AVUKATI ARAYIN.

Bakın, etrafta bir yol bulabilirsiniz. Tamam, bir sonraki diş macunu tüpünü düşünelim. Üst, orta veya alt, macunu tüpten nasıl sıkarsınız? Muhtemelen bilemezsiniz, ayakkabı bağcıklarınızı nasıl bağladığınızı sormak gibi. Kişinin rutin olarak yaptığı şeyler, doğal olarak ve dikkatsizce olduğu gibi bırakılmalıdır. Başka bir tüp al, lanet olsun.

Boşanma cevap olmayabilir, en azından her zaman değil.

Bunu söyledikten sonra, doğru konularda kavga etmeniz önemlidir. Çok uzun bir süredir, evli insanlar belirli özellikler üzerinde anlaşmazlıklar olduğunu biliyorlardı ve bunu takip etmemiz gerekiyor. Lütfen tüm "biz farklıyız" eylemini bu eyleme çekmeyin. Burası yer değil. Bilgelerden öğrenin.

Horlamasının hacmi, tipi veya sıklığı hakkında tartışma. (Horluyorsanız da konudan kaçının.) Geri dönüş olmadığından ve kulak tıkaçları, doktorlar, özel yastıklar yardımcı olmayacağından, bu evliliğin dağılmasına izin verebilirsiniz. Herkes iyi bir gece uykusunu hak eder.

Tırnakların kesilmesi için savaşıyor, elbette uzaktan kumandadan sonra ikinci favorim. Kadınların tırnaklarını evcilleştirmeleri, doğramaları veya süslemeleri gerektiğinde bir

Kimse telly'yi izlemiyor, değil mi? Netflix hilesi trend oluyor. Kitap basıldığı için uzaktan kumanda hakkındaki tüm tartışmayı silmek zorunda kaldık. TV'nin modası geçmiş olduğunu kabul ettik ve artık uzaktan kumanda için savaşmadığınızı varsaymaya karar verdik. Hepimizin cihazları, hesapları var.

salona gittiklerine inanılmaktadır; ve erkekler bunu yapmak istediklerinde, bir kesiciyi ele geçirirler ve o zaman ve orada işle ilgilenirler. Her ikisinde de yeterli gerçek yok. Ama evet, erkekler yürürken ve Bluetooth'ta konuşurken, gazete okurken ve çay içerken el ve ayak tırnaklarını kesmeyi ve kesmeyi uygun buluyorlar... Ve sonra çoğu durumda (tırnakları yutan makas kullanan erkekler hariç), kalıntıları ile noktayı terk ederler. Diğer tüm durumlarda çoklu görevlerde berbat olabilirler, ancak bir şekilde tırnakları kesmek söz konusu olduğunda handikap mevcut değildir. İnanın bana, birkaç durumda metroseksüellik bir hediyedir. Manikür ve pedikür için salonlara giden erkekler iyi bir anlaşma gibi geliyor.

Devam etmek, bir torba patates cipsi ile kanepede oturmak (MULTIGRAIN BREAD'i unuttu!) ve bir şey ve her şeyi (OTT) izlemek, erkeğinizin geğirmesine ve osuruğuna neden olabilir. Burada rasyonel olalım. Bu doğaldır. Bu, evrensel hazımsızlık ve sindirim konusuna cevabımdır. Her iki cinsiyet de osuruk ve geğirme başka bir cevaptır. Peki, anlaşmazlık nedir? Bu, erkeklerin ve kadınların eylemden aldıkları ve türettikleri gururun değişmesi gerçeğinde yatmaktadır. Kadınlar bunu gizlice yapardı, erkekler yola çıkmadan önce duyururlardı. Daha hafif

Hiç bir erkekle alışveriş yaptınız mı? Başka bir çift basit siyah ayakkabı yerine bir çift basit siyah ayakkabı seçmek için ne kadar zaman harcadığını fark ettiniz mi? Ona her ikisinin de aynı olduğunu ve onu kaybedeceğini söyleyin. Boom, kalpleri parçalayan şeytani tohum orada yatıyor. Protein sallamaları, spor salonu üyelikleri, "ebeveynlerinizi arayabilir misiniz", politika, maç skorları ve mavilerin tonları da ciddi şeylerdir. Kadınlar: Hayır, her zaman giyinmenin ne kadar sürdüğü veya kaç santim kaybettiğiniz ile ilgili değildir. Kendinizi övünmeyin.

YETERLI. AVUKATI ARAYIN.

hissetmek için osuruyor ve geğiriyorsunuz. Kadınlar kalplerini kız arkadaşlarına, annelere, meslektaşlarına ve diğerlerine dökebilirler. Erkekler paylaşmaya inanmazlar, kokan, gürültülü ve eylemlerle gitmesine izin vermekten başka seçenekleri yoktur. Anlaşmazlık mide için iyidir, bu yüzden onları "Affedersiniz" demenin değeri konusunda eğitmektir. İkincisi ulaşılamaz. Size söyledim, evlilik zordur. Burun, kulakları örtün. Tıpkı gaz halindeki elementlerde olduğu gibi, çoğu kadın erkeklerin de koltuk altlarını kokladığını kabul etmeye başladı.

Ayrıca, erkek arkadaşlarınızla bir gün, hafta, gece geçirmenizde bir sorun yok. Sans kıskanç duygular. Devam edin - chug biraları, beş günlük bir dilim pizza yiyin, bir maçın tekrarını izlerken bağırın, eski sevgili ve seks konuşun, üzerinde hamamböceği boku olan bir çift çorap giyin. Hayır, hayır. Bu barışçıl, uzak bir durumdur. Soketin oyuk gözleri yok. Ayrıca, bunun gerçek olduğunu düşünmüyorum ve az önce bahsettiğim senaryo, eğlenen erkekleri tasvir eden en eski eğlence formülüdür.

Ayrıca, sorulduğunda: Gömleğim karın kaslarımda garip bir şekilde toplanıyor mu? Dikkatli bir şekilde yürüyün. Uzun süre birlikte olmanızı istiyorum. Sonsuza dek mutlu olacağıma inanıyorum.

Kayınvalideler: Bu başka bir riskli alan. Bu konuda fazla konuşamam. Tabii ki, bir takma ad altında basılmış sınırlı sayıda bir sonraki en çok satan kitabımı beklemeniz gerekecek.

Öte yandan, çiftlerin Pepsi'nin daha tatlı mı yoksa kola mı olduğu konusunda tartıştıkları söyleniyor. Ya da daha kötüsü, örneğin finans, uyumluluk, çocukların eğitimi gibi konularda. Evlilik başarısızlıkları hakkındaki değersiz araştırmaları okuyarak zaman kaybettiyseniz, o zaman bu alakasız olanların önemini bilirsiniz. Bu ve diğer araştırmaları yeterince okudum. İşe yaramaz olana doğru en kolay çekilen bir beynim var. Sahip olduğum garip arkadaşları başka ne açıklayabilir?

Şimdi, gitmeme izin verin. Bakkaliyeye geri dönmeliyim.

1. Çok tahıllı ekmek (susam, kabak çekirdeği ile...), neden sadece ekmek yiyemiyoruz?
2. Yeşil çay (bunu stoklamazsam yargılanır)
3. Açaí (şimdi, bu nedir?)

... *İşe yaramaz olana doğru en kolay çekilen bir beynim var.*

(Bir liste çıkarmanız gerektiğinde boşluk bırakarak)

Yünlüleri silin.

13 YA DA belki 14 yaşındasın. Doğru hatırlamak zor. Bir çift tehlikeli derecede sıkı kot pantolon takıyorsunuz, bu da beyne oksijen kaynağı eksikliğine neden oluyor. Buna skinny kot pantolon* diyorlar ve sizin yaşınızdaki her kız bunlardan birine sahip. Kolsuz üstlerle giyiliyorlar (tişörtler passé), kesinlikle. Oldukça garip yürüyüşünüze ek olarak, korkunç, kalın tabanlara sahip bir çift platform topuklu ayakkabı var. Moda en kötüsüdür ve her genci beceriksiz, modaya uygun bir kolej müdavimi haline getirmiştir.

"İçeri girmeleri zor!" diyorsunuz bir sınıf arkadaşınıza. Okul otobüsündesin, eve gidiyorsun. Akşamları bir randevusu var. Matematik dersinden. Bir erkek arkadaşın yok çünkü okula gitmiyorsun, sana bunu bu hafta beşinci kez söylüyor ve sadece Salı günü. Seni kız muhafızı olarak seçti. Rolünüz mahalle parkının dışında durmayı ve çocuk muhafızla konuşmayı içerir. Birlikte, sizin ve çocuk muhafızın sorumluluğu, sorun durumunda alarm vermek ve durumu kurtarmak için hızlı bir şekilde hareket etmektir (ebeveynler veya tanıdık yüzler yakınlardaysa). Her iki arkadaşın da parkta olacak, el ele tutuşacak. *Belki onlar da öpüşürler. Eeeks!*

O da senin de modaya uygun giyinmeni istiyor. O iyi demek istiyor ama sonra ayaklarını seviyorsun. "Oğlan gardiyanını bile tanımıyorum, düz ayakkabılarımı giyeceğim," diye tartışmayı kapattığınızı *düşünüyorsunuz*.

○

"EN AZINDAN kolsuz bir üst giyin!!"

Ondan nefret ediyorsun. Dün akşam, parlak bir dudak kremi giyerek evinize geldi ve annenizin babanıza "sizin yaşınızda tam olarak hareket etmediğini" söylediğini duydunuz. Ayrıca gelecek yaz saçlarını beyazlatmayı planlıyor. Onun çok *gelişigüzel* ve *cesur* olduğunu düşünüyorsun. Bobby pimleri, zımbalayıcılar ve hatta çatallar kullanarak fiziksel telefon kilitlerini açabilir. Ev sabit hattınızda bir kilidiniz yok, kimi ve ne zaman olursa olsun arayabilirsiniz. "Çünkü bir erkek arkadaşın yok! Arayacak HİÇ KİMSENİN yok!" diye bitiriyor. Altın saçları da istemiyorsun, ona anlatmaya çalışıyorsun.

Ondan nefret ediyorsun. Ama o senin en iyi arkadaşın ve ne olursa olsun, yaşlanıp ölene kadar birbirinizi sevmelisiniz. Ona kolsuz üstünü de giyemeyeceğinizi söyleyecek cesaretin yok. *Kollarınızın altında büyüyen şeyler var.* Ona bunu söylerseniz, iyi bir kahkaha atacaktır, "Hiçbir erkek seninle evlenmeyecek ya da seni öpmeyecek."

Haklı.
Bu sizi üzüyor.
Annene *eşyaları* tıraş edip edemeyeceğini soramazsın, senden yaşını hareket ettirmeni isteyecektir.
En iyi arkadaşından sır saklamaktan nefret ediyorsun. Skinny kot pantolonlu bir tişört giyiyorsunuz. Fark etmiyor, parkın içinde koşmak ve erkek arkadaşıyla birlikte olmak için acele ediyor.

Benim gibi 90'larda büyümüş olsaydınız, o zaman bu kızlardan biri olabilirdiniz.
Temiz koltuk altları ve bir erkek arkadaşı olan. Ya da her ikisi de olmayan.

YÜNLÜLERI SILIN.

Sen kimdin? Merak ediyorum. Eğer cesur olsaydın, umarım daha nazik olmuşsundur. Ve umarım ikiniz hala BFF'sinizdir.

Moda seçimleri yapmak, en iyi arkadaşları sevmek, erkek arkadaş edinmeye çalışmak zor bir zamandı.

Ve büyük bir sorunun, ele alınması gereken bir durumun olduğunun farkına varmak ve kabul etmek.
Yünlü bir şekilde oraya buraya girmeye başlamıştık ve aşağıda.
Durum kritikti, özellikle de aramızdaki bekar çocuk için.

Büyük kardeşleri olanlar için, pürüzsüz cilde giden yol oyuldu. Ağda izni savaşları yapılmış ve kazanılmıştı, tıraş bıçağı da satın alınmıştı ve epilasyon kremleri de yabancı bir konsept değildi. Diğerleri için, kendi kendine yardım tek seçenekti.

Yünlü silinmek zorundaydı. Dönem.
Sadece birkaç gün içinde tekrar büyümek için.
Kimse bize bunu SÖYLEMEDİ!

Sonra kopyalayacak kimsem yoktu!

İlk balmumumu aldığımda, salondaki bayan bana çiçek çiçeği vermiş gibi görünüyordu. Kollarım kırmızıydı. Altında titreyen herhangi bir saç varsa, döküntü onu örtmek için iyi bir iş çıkardı. İki hafta sonra, kollarımda taze filizler fark ettim ve beni dumanlı bıraktı. Saç büyümesi kriterim, kafamdaki saçtı, bu da sadece bir kesimden sonra bile sonsuza dek uzadı. Tüm süreç ihanet gibi hissettirdi. Yine de itiraf etmeliyim ki bu güzel bir duyguydu. Arkadaşlık bantları temiz bileklerde harika görünüyordu ve kısa etekler giymek tamamen yeni bir boyut kazandı. Ve oh, kolsuz üstler.

Hayat bundan sonra daha da yoğunlaştı, her zaman katılacak bir çekim vardı.
Onlarca yıl geçti ve hala aynı kalıbı, rutini takip ediyoruz. Saçlar uzamaya devam etti, çıkarmaya devam ettik. İkimiz de pes etmeyi planlamıyoruz.

Öncül, vücut veya yüz kıllarıyla yaşamanın saçma olduğudur. Atalarımız bile U dönüşü fikrini eleştirirdi. Bir arkadaşın büyük bir büyükannesi tarafından anlatılan bir masalda saçları çıkarmak için biber ve kafur karışımının kullanıldığından bahsedilmişti, "Bacaklara uygulandığında yanma hissine yol açtı. Birkaç kadın karışıma kerosen yağı bile karıştırdı." Evet, kadınların temiz bacaklar uğruna oldukça yanıcı yağlar kullandıkları bilinmektedir; Bu yüzden lütfen asla, asla bağlılığımızdan şüphe etmeyin. "Bu karışım kesinlikle bacaklar için kullanılmalıdır. Gazyağı yerine badem yağı kullanabilirsiniz," diye ekledi büyükanne.

Kendimizi adamaya devam ediyoruz. Saçlardan kurtulmak kötü şartlarda yaşamak anlamına gelse bile. Hafta içi Margarita (her iki türden) yok, nefret ettiğimiz meslektaşlarımızla araba havuzları, daha küçük dairelerde kalmak, klimasız uyumak. Bu önemli göreve yetecek kadar paraya sahip olmak için fedakarlık yapıyoruz. Vücut, yüz veya baş; Saç, hayatımızı yaşamaya değer kılan şeydir.

JİLETLER, şeritler ve kremler. DÖKÜNTÜLER, ağrı ve kesikler. Brezilya, normal ve **ÇİKOLATA.** Fırçalar, ŞAMPUANLAR, spreyler (veya parfümler) ve saç kremleri. **EPİLATÖRLER,** makas ve koparıcılar. SİLİNDİRLER, kurutucular ve kıvırıcılar. **Yağlar,** MASKELER ve jeller. Diş

YÜNLÜLERİ SILIN.

açma, katori balmumu ve ağartıcı. FÖN MAKİNESİ, kuyruk tarakları ve **KAPLICALAR**. Kısa, orta ve uzun. Poker düz, **KERATİN** ve yumuşatma. **Üst dudak,** alın, arka ve ön. Yarım bacaklar, tam bacaklar, **yarım kollar** ve **koltuk altları.** Tek DALDIRMA, TEK KULLANIMLIK ŞERİTLER. Büzücü, **gül suyu** ve losyon. **RENK**, boya ve *kına*. Griler, siyahlar, **kırmızılar** ve kahverengiler. BANTLAR, **KLİPLER,** bobby pimleri.

Rapçi misin? Yukarıdakiler şarkı sözü olarak çalışabilir. Ya da daha da iyisi, neden yıllar içindeki deneyiminizi anlatan bir ayet yazmıyorsunuz? Sonuçta hepimiz birbirimizden öğrenebiliriz. En son ne oldu?

Çilek balmumu. Lazer epilasyon.

Bu yüzden eğer herhangi birimiz size bu şeylere harcadığımız zamanı ve parayı sevmediğimizi söylersek, sadece duyularımızda olmadığımızı varsayalım. Temiz, mükemmel varlığımıza aşığız. Yaşamın basit sevinçleri, balmumu şeridinin bir pislikle çekilmesi, bazen de cildi yırtması gibi deneyimlerden oluşur. Bize inanın. Sadece göğüslerimizi kancalarda taşıyarak dolaşmayı sevmiyoruz, aynı zamanda çantalarımızda cımbız, fırça, bobby pimleri, debriyajlar vb. Taşıma fikrini de seviyoruz. Saç bizim kim olduğumuzdur. Bize hayatın çok erken dönemlerinde öğretildi. Yani erkekler gündüz ve gece saatlerinde yaşarken, bizimki iyi ve kötü saç günleri, bir ağdadan bir hafta önce ve sonra, bir fön kurumadan bir saat önce ve sonra olarak tanımlanır.

İnsanların yüz ve vücut kıllarıyla doğduklarını bilirsiniz ve eğer şanslılarsa, kafalarında daha az, ortalama veya daha fazla saç vardır. Anneler sayıldıktan ve kızlarının doğru sayıda ayak parmağına ve parmağa sahip olduklarından emin olduktan sonra, vücutları yüzde, bacaklarda ve yukarıda, arasında ve altında her yerde saç olup olmadığını kontrol ederler. Yanlış bölgelerde daha fazla saç görünce paniğe kapılırlar, çok geçmeden annelerinden yardım isterler. Büyükanneler harekete geçer. Kutuları açarlar, kepçeleri çıkarırlar ve birkaç kaşık yoğurtla karıştırılmış bir avuç gram un, birkaç kaşık öğütülmüş sarı mercimek, zerdeçal ve birkaç damla limon karıştırmaya başlarlar. Bu macun ülkemizin ilk epilasyon kremiydi ve hala da öyle. Tüplerde reklamı yapılmaz ve satılmaz, ancak her Hintli hanedeki biri veya diğeri bunu nasıl karıştıracağını bilir.

Evet, kozmetik şirketleri "feminist" kremleri üretmeye, reklamını yapmaya ve satmaya başlamadan çok önce, büyükannelerimiz bunları harç ve havanelerinde üretiyorlardı. Karışım, saç istilasına uğramış bölgelere uygulandı (uygulandı) ve kuruduğunda, taze, genç ciltteki yumuşak, olgunlaşmamış saçları çıkarmak için vücuttan kuvvetlice ovalandı. Bir Hint evinde doğan herhangi

YÜNLÜLERI SILIN.

bir kıza sorun, size macunun ne kadar kötü koktuğunu ve kuruduğunda üst dudakta, alnında çirkin, kaka renkli topaklar gibi oturduğunu söyleyecektir - iki hedef bölge. Birçok evde pazar günleri hala bu ritüele adanmıştır. Çığlık atmak, ağlamak, azarlamak ve danışmanlık yapmak vardır. "Büyüdüğünde, bunun için bana teşekkür edeceksin." 1000 kişiden sadece biri büyüyüp teşekkür ederken, geri kalanlar gençken kötü koku, acı ve sarı belirtiden akıllıca kaçınırlar.

Görünce kaçan çocuklardan biriydim, bu yüzden şöyle istatistikler yapıyorum: Bir ömür boyu ortalama olarak, kadınlar epilasyon için 23.000 USD harcadılar. Çocukken, bu miktar bana The DreamHouse'da 7.180 Barbie Life kazandırabilirdi. Artık çok geç. Ayrıca her seferinde bacaklarımızı tıraş etmek için yaklaşık dört dakika harcadığımız söylenir (ömür boyu 72 saat); Ek olarak, ilgilenmemiz gereken başka vücut parçalarımız da var. Öte yandan, erkekler yaşamlarının altı ayını tıraş olarak geçirirler. Onlar için kendimi çok kötü hissediyorum. Dağınık bir sakalın onlara verebileceği zararı hayal etmeye bile başlayamıyoruz; Kırık bir kalbi emzirmek, yaşamın rahat bir aşaması veya telaşlı bir çalışma programı gibi birçok sonuca yol açabilir. Trajik.

Bu yüzden saç yönetimine dahil olan tüm bu para ve zamanla, bunun ciddi bir iş olduğunu ve bunun hakkında yazarken harcadığım zamanın, sürgünlerin çiçek açmasına izin verdiğim zaman olduğunu kabul edersiniz. Bu yüzden, bunu hızlı bir şekilde yapmam gerekecek.
Başlangıç olarak, bilmeniz gereken bir büyüme planı var, bu da seçtiğiniz stratejiyi ve rotayı belirleyecek. Keskin zihinler, sadece bir sabah uyanıp "Bugün kollarımı ağdalayacağım" demediğinizi bilir. Özür dilerim, ama bu şekilde çalışmıyor. Bir ağda işlemi için

saçların belirli bir uzunlukta olması ve havadaki nemin doğru seviyede olması gerekir. Akşam yemekleri, tarihler, düğünler ağda programlarına uygun olacak şekilde ertelenir. İşte tam da bu yüzden kolsuz yazlık elbiseler ve bir çift şort giyen kadınları yüksek saygıyla tutmamız gerekiyor; Örgütlü, titiz. Eğer tam kollu bir üstte bir kadın ile ülkenin cumhurbaşkanlığı görevi için bir camisole arasında seçim yapacak olsaydım, oyum ikincisine gidecekti. İşte ülkeyi yönetebilecek bir kadın.

16 yaşındayken, mahalledeki bir arkadaşım bana evde nasıl ağda yapılacağını öğretti. Balmumu tenekesini doğrudan sobaya koyun. Bir bıçak ve birkaç parçalanmış bez parçası kullanın, tüylerden kurtulun. Tek sorun, daha sonra nasıl temizleneceğini bilmemesiydi ve işlemi bitirdiğimizde, yere dökülen balmumu çimentodan daha sertti. Geceye kadar zemini kazıdık.

Balmumu tıraş bıçağına kaybeder, ikincisi minimum çaba gerektirir. "Seni asla arada asılı bırakmaz," dedi bilge bir eski meslektaşım bana altı yıl önce. O gün ağdalamaya veda ettim. Köpürtün, tıraş edin; Seni kucaklıyorum. Hayatta birkaç dakika içinde tüysüz kalmaktan daha büyük bir heyecan ve hediye yoktur. Tıraş bıçağını en uzun süre bilmiyordum. Okuldan bir sınıf arkadaşı her zaman temizdi, sırrını bizimle asla paylaşmadı.

Şimdi kadınlar jilet yolunu tuttuklarında, aramızdaki ortodoks olanlar uyarı zilini çaldı: pürüzlü cilt, delici ve düzensiz saç büyümesi. Çok geçti, yasak meyvenin tadına bakmıştık; doğru ya da yanlış yönde hareket eden usturalar bizi ayaklarımızdan silip süpürmüştü. Geri dönüş yoktu. Epilatörlere de karşı sert bir mücadele verdiler. Geçmişe bakıldığında, birisi daha önce sevilen epilatörleri satmak için hayırsever bir pazar kurmalı, sorority'deki

YÜNLÜLERI SILIN.

birçok kız kardeşin öne çıktığını ve katkıda bulunduğunu görecektir. Buna karşılık, epilasyon kremleri daha iyi sonuç verir. Asla kimseye epilatör almasını tavsiye etmeyin. Çoğu kadın *ilk* kez tüm canlılıklarını hatırlar. Konuyu gündeme getirin ve bir kelime tufanı akacak. Neye ulaştığımı biliyorsun (hayır, o değil). Bir salonun resepsiyonuna kadar yürümek ve bir Brezilyalı istemek veya salon hanımının önünde pantolon çıkarmak. *Korku. Ağrı. Gerek.* Düzenli. Kadınları birleştiren şey, tıraş olduktan veya ağda yaptıktan sonra geri dönüşün olmadığı gerçeğidir. Ve yine de herkes bikini mumunun en gereksiz olduğu konusunda hemfikir. Konuyla ilgili uzun tartışmalardan sonra, Brezilya'nın sadece salondaki kadınlar yüzünden var olduğu sonucuna vardık, eğer ısrar etmeseler de bir tane yapmamızı önerdiler, çoğunlukla öğeyi Gelin Ağda Paketlerine soktular. Kadınların çoğu oradaki saçları doğru isimle çağırmayı bile reddediyor, bu iğrençlik. Kasık kılları en iyi şekilde kendi başına yalnız bırakılır.

O zaman biraz masum konulara geçelim.

Saçlar aynı zamanda neslimizin çok az öpüşmesinin de nedenidir.

Annelerimiz bıyıktan kurtulmamıza izin vermedi. Gençken, ev ilaçlarının kullanımında ısrar ettiler, ancak büyüdüğümüzde ve bıyıklarımız daha koyu çizgilere dönüştüğünde, bize tımar etmeyi düşünmek için çok genç olduğumuzu söylediler, "Çalışmak ve iyi notlar almak için senin yaşın geldi." Bugün yedi yaşındaki çocuklar bile erkeklerin bıyıklı kızlara aşık olmadıklarını biliyor. Bir komşunun on yaşındaki kızı, bıyıklarıyla ilgilenilmesinde ısrar ediyor. Onlara baktığımda, dünyanın temiz geleceğine baktığımı biliyorum. Bizimki farklı bir zamandı, anneleri memnun etmek zordu. 19 yaşındaki bir üniversite birinci sınıf öğrencisi, sadece annesinden ağda yapmak

için izin almak zorunda kalmadığını, aynı zamanda annesinin en iyi arkadaşını da ikna etmek zorunda kaldığını hatırladı. "Yaramaz bir şey yapıp yapmadığımı bilmek istediler, tek istediğim tersiz koltuk altlarıydı!"
"Hiçbir erkek çocuk seninle evlenmeyecek ya da seni öpmeyecek."

> Sanırım bizim grubumuz okul vedasında bıyık giyen son gruptu, tarihin sayfalarına son cesur azınlık olarak geçti, dudaklarımızda erkeklerin gururunu taşıyordu. 1998 partisinden bir okul geçişi dikkat çekti. Üst dudağımızda saçlarımız vardı! ! Gayrisafi.

Bir de kaşlar var. IX. sınıftan en iyi arkadaşım kaşlarını ve alnını benden çok önce geçirdi, hatta benden önce evlendi. Kimseden izin almak zorunda değildi, beş kardeşin en büyüğüydü. Onu salonun dışında beklememi istedi çünkü zayıf kalpliydim. Dışarı çıktığında o kadar güzel görünüyordu ki, ona defalarca söylemekten kendimi alıkoyamadım. Üzerinde bu kadar çok kürk olduğuna inanamadım, onlardan el çantaları yapabilirdik.

Garip bir şekilde, kaşlar bizi rahatsız eden son şeydir, eğer kaşsız olmadığımız sürece: alnın burunla buluştuğu küçük cilt şeridi de saçlarla lanetlenirse. Gözlük camlarımızın arasından içeri girdiklerinde bile uyum içinde yaşadık.

Ancak kaşlar bir kez endişe konusu haline geldiğinde, artık olmadığımız zamana kadar bizi terk etmezler. Bugüne kadar, kaşlarını şekillendirmekten mutlu olan bir kadınla henüz tanışmadım, çünkü kimse varlığımızı tanımlayacağını bilmiyordu. Konu üzerinde durmadan düşünürüz, onları koparma, kırpma ve

YÜNLÜLERI SILIN.

şekillendirme hayatımıza devam ederiz. Şekillendiklerinde onları seviyoruz, ama bu çok fazla iş.

Epilasyon ekonomiye olan katkımızdır. Vücudumuzdaki bahar olmasaydı, hayatlarımızla, zamanımızla ve paramızla ne yapacağımızı bilemezdik. Epilasyon faaliyetlerini kitap yazmak, şirket işletmek veya mobilya yapmakla değiştirmenizin söylendiğini hayal edin. Urrggh, hadi bakalım. Herhangi bir gün resim yapmak veya dağcılık yapmak yerine iplik çekmeyi seçerdim.

Ne değişti? Lazer epilasyon ve meyve mumu vardır. Bunun dışında fazla bir şey yok. Griler de oradadır ve bizim onlara olan bağlılığımız da vardır; Bunun dışında çocuklu kadınlara karşı daha nazik davrandık. Bir balmumu için gidecek zamanları olmadığını söylediklerinde, başımızı sallıyoruz, *ama bu tür hanımefendi benzeri davranışları destekleyen biz değiliz.* "Bu sadece saç," destekleyici davranıyoruz.

Baştaki saçları şekillendirmek, boyamak ve kırpmak bizimle başka bir meşguliyettir ve daha iyi görünmemizi sağlar. Üstlenmek için iyi bir proje, şiddetle tavsiye edilir. Sıkıcı bir günde daha iyi hissetmenin en basit yolu budur.

Neyin nerede büyüdüğünden rahatsız olan var mı? Evet, herkes öyle.
Kendimizi adamış durumdayız çünkü yünlülerin yok edilmesi gerekiyor. Kızlarımızı bizim yetiştirildiğimizden farklı bir şekilde yetiştirmiyoruz. "Yaşını harekete geçir!" Arkamızdan gidip usturamızı kullanıyorlar.

* Tekrar raflara geri döndüler, bu sefer yırtıldılar ve süper sıska olarak adlandırıldılar; ve hatta erkekler ve erkekler bile onları satın alabilir.

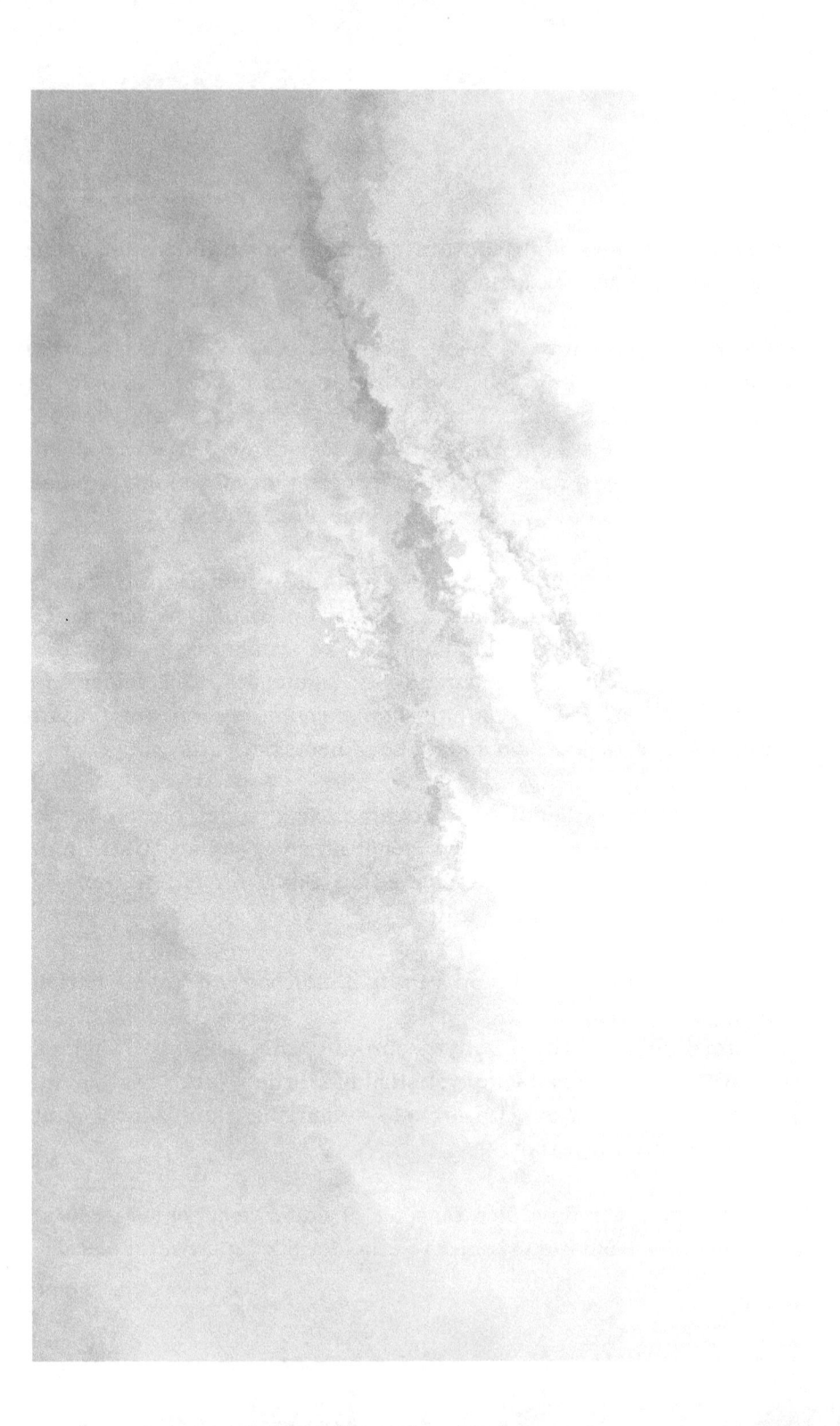

Hayır, bu kurtuluşla ilgili değil. Yuck.

JİLET KESIKLERI VE ağda döküntüleri arasında, birkaç yaz önce bir sapma vardı. Kadın kurtuluş hareketi ile başladı. Bazı kadın grupları yeterince sahip olduklarına karar verdiler. Ben onların bir parçasıydım, tamamen değil. Bir savaş başlattık, özgürleştik ve dünyalarımızı altüst ettik. Buna toplumsal cinsiyet eşitliği ya da *feminizm* mücadelesi demeye karar verdik. Pantolon giymeye, viski içmeye başladık. Yönetim kurulu toplantılarına katılmak, terfi talep etmek. İşe gitmek, ev satın almak. Aile yemekleri yapmak için aşçıları işe almak ve kayınvalideler habersiz geldiğinde pizza siparişi vermek. Ancak harekette gerçekten devrim yaratan şey, bizim (geri çekildiğim yer burası) salonlardaki ağda (ve iplik açma) randevularını iptal etmeye başlamamızdı. Kaş. Üst dudaklar. Koltukaltı. Brezilyalı. Kollar ve bacaklar. Neyin nerede ve ne kadar süredir suladığımız konusunda bir şey söylemediğimizi açıkladık. Kendimizi özgür hissettik, en azından dünyaya göstermeye çalıştığımız şey buydu. Bazıları onu kaybettiğimizi söyledi, haklıydılar.

Saçı unut, ne?

Bu eğilim, sözde onun bedeni olduğu ve sizin *bedeniniz olmadığı* gerçeğinin bir hatırlatıcısıydı. Ve her birimiz bunun bir isyan olmadığını, sadece bir sürü saçmalık olduğunu çok iyi biliyorduk. *Büyüyen bir şeyiniz varsa, hiçbir çocuk sizi asla sevmeyecektir, bu düşünce içimize daha önce yerleşmişti.*

İki santimetrelik kadınsı olmayan bir kusur parçasıyla bile ölü yakalanmayacağız.

Söylentiler havayı doldurdu, erkekleri de şok etti ve kızdırdı. Bütün bunlar bizi bir sebepten dolayı sevmişken. Şampuanlarımız harika kokuyor. Kollarımızın altında açıklayacak hiçbir şeyimiz yoktu. Küçük yüz kıllarımız alınmadıysa ağartıldı ve vücut kıllarımızı kaka yaptığımız ve fırçaladığımız kadar düzenli olarak budadık. Öyle ki bir avuç erkek de büyüt-sil hobisini benimsemişti. Bakımlı kaşlarla dolaşıyor, gövde tişörtleri giyiyor, tüysüz karınlarını taze tıraş kesimleriyle gösteriyorlardı. Temiz göğüsler ve sırtlar fikrinden çok heyecanlandılar. Bunun sadece ömür boyu tutkulu olanlar için olduğunu çok az biliyorlar! Superman, bir çift taytın üzerine kırmızı iç çamaşırı giyerek fazladan bir mil daha gidiyor. Bir uçurumdan sarkan bir çocuğun hayatını kurtarması gerektiğinde, bir Brezilyalı için gerekli olup olmadığını ve görünür olup olmadığını kontrol etmeden uçabilir ve işi yapabilir. Hepsi bir nedenden dolayı kaplıdır. Günümüze kadar kesin. Bahislerimizi, erkeklerin saçları evcilleştirme heyecanının (hepsinin) ne kadar süreceğine koyuyoruz.

Sapmanın basit gerçeği, hiçbir eğilimin bizi tekrar 13, bulanık 13 olmaya ikna edemeyeceği, etmemesi gerektiği veya ikna edemeyeceğidir.

Moda raporları şimdi ortadan kayboldu ve beklediğiniz gibi, işimize geri döndük.

Bir köpeğim var.

DÖRT YAŞINDA. LAZIMLIK eğitimi aldı. Kanepede oturmasına izin verilmediğini biliyor. Acıktığında yiyecek ister. Çoğunlukla zamanında yatağa gider. Yürüyüşe çıkmayı, topla oynamayı sever. Çoğu gün iyi bir adamdır. Diğer günlerde, zamanımdan çok fazla zaman talep ediyor. Yaramazlık yapar ve insanları korkutur. Hafta sonları veya hafta içi, en azından ondan beklediğim bir *durum* yaratıyor. Ondan gerçekten sıcak bir sarılmaya ihtiyacım olduğunda, beni görmezden geliyor. İhtiyacım olmadığında, sarılmamız konusunda ısrar ediyor. Bazen yardımcı oluyor, gazeteyi getiriyor. Bazen, bir tepki beklerken kurabiye dolu bir cam kavanozu yere düşürmekten zevk alır. Onu seviyorum elbette. Tabii ki beni de seviyor. Ama ikimizin de birbirimizden vazgeçmek gibi hissettiğimiz anlar vardır.

Onu ilk aldığımda, ona sahip olabileceğimden yüzde 100 emin değildim. Çok çalışmam, okumam, öğrenmem ve onunla birlikte büyümem gerekiyordu. Çöp tenekesini, mobilyaları ve halıyı evcil hayvan geçirmez hale getirmek zorunda kaldım. Tatillerimi onun etrafında planladım. Ona

Buradaki fikir, köpeğe saygısızlık etmek değildir. Teşekkür ederim, lütfen.

bir uçak bileti aldım ve ayrıca süslü bir kreşte kaldım. O da işbirlikçi, zeki bir öğreniciydi. Beni daha iyi bir insan yaptığını hissediyorum ve her birimizin hayatında en az bir kez nasıl bir evcil hayvana sahip olması gerektiğine dair teoriler doğru. Bana büyümeyi, bağlılığı, tutkuyu, bağlılığı, sabrı ve sevgiyi öğretti. Ayrıca birkaç şey daha öğrenmeyi başardım, ilk etapta öğrenmem gerektiğinin farkında olmadığım şeyler. Artık bir görüntülü sohbette annemle konuşurken onu besleyebilir, bir blender kullanarak domatesleri doğrayabilir ve bir bakkaliye listesi hazırlayabilirim.

> Bu sadece bir işti, Tanrı aşkına! Dönem.

Köpeğim benim işim. Şaşırmayın. Kadınlar olarak, işlerimize köpeklerimiz gibi davranmamız gerektiğine ve bunun başka bir yolu olmadığına inandırıldık.

Sen ve ben, köpeği yapabildiğimiz ya da yapmamız gerektiği ya da izin verildiği ya da kendimize izin verildiği ya da servete sahip olduğumuz sürece yetiştirebiliriz. Ve sonra suçluluk ya da pişmanlık ya da mutluluk ya da rahatlama olmadan, hem köpeğin hem de kendimizin bir karara varmasına izin verin. Çoğunlukla, ilk önce köpekten vazgeçen biziz. Kendimize karşı sert olmaktan daha iyisini bilmiyoruz. Tabii ki, bazen, bunu sadece KENDİMİZ için yapıyoruz ve bunu şiddetle tavsiye ediyorum.

Evcil hayvan sahibi olacak kadar yetenekli miyim? Onu uzun süre beslemek istiyor muyum? Ona sadece sınırlı bir süre için sahip olabileceğim söylendi mi? Ona sahip olmamayı özlüyor muyum? Ona başka bir ev bulduğum için heyecanlı mıyım? Diğer kadınların sahip olduğu tüylü arkadaşları kıskanarak mahallede dolaştığım

BIR KÖPEĞIM VAR.

zamanlar var mı? Bir tane olmaması beni hayal kırıklığına uğratıyor mu?

Bize asla bu sorular sorulmadı. Ayrıca, onlara da kesin cevaplarımız yok.

Her zaman bir işe sahip olmanın bizim için iyi olup olmadığını bilmiyoruz. İstisnalar var, tamam mı? Ve eğer bir işimiz (ya da kariyerimiz, eğer böyle adlandırmaya cesaret edersek) sahibi olacaksak, neye benzemelidir? Ve eğer değilse, o zaman bu düzenlemeyle iyi olmamız gerekiyor mu? Çünkü, kimse bizim için bir şeye karar vermeden önce, *doğru* seçimi yapmak içimize işlemiştir. Çekilmemiz istenmeden önce çekiliriz. Dönem.

Çünkü, köpeğinizi hasta çocuğunuz yerine seçmek zayıflık, duygusuzluk ve bencilliğin bir işaretidir. Köpeğinizi aile olarak sevebilirsiniz, ancak o aile değildir. Dönem.

Çünkü eğitimli olmak, işinizi tutkuyla beslemek ve onu beslemek iyidir. Ama her zaman fedakarlık yapmaya, egoyu ezmeye, veda etmeye ve veda konuşmasını yapmaya hazır olmalısınız. Evde kaka yaparsa, kokudan kurtulmalısın. Dönem.

Çünkü, kayıp bir evcil hayvan için ağlamak sorun değil, ama kayıp bir kariyer için ağlamak iyi değil.

> Çünkü köpeğim bir akvaryum balığı ve bu gerçek bir evcil hayvan bile değil.

Evet, çoğu kadının bir köpek işi var ve nasıl davranacaklarını bilmiyorlar.
Ve bunun cesaretimiz, yeterliliğimiz veya aile desteğimizle çok az ilgisi var.

Ben de farklı değilim, muhtemelen daha kötüyüm.

Her zaman yazar olmak istedim. Fark etmiş olabileceğiniz gibi, henüz pes etmedim. Hala üzerinde çalışıyorum. Bu, yazarken bile, gerçek bir iş değildir. Evet, bu şekilde cesurum, ya da aptalım ya da her ikisi. Geçen hafta sonu cüzdanımı, telefonumu, masaüstümü ve başucu çekmecelerimi temizlemek için bir saat harcadım. Bunların her birinde, gelecekteki oyun senaryoları, uzun metrajlı makaleler, kısa öyküler, şiir ilhamları ve çok satan romanlar için notlar buldum. Onları fiziksel ve sanal klasörlere kaydetmeye karar verdim, çünkü bir gün onları ziyaret edeceğim. İşe giderken aldığım çantayı da yeniden düzenledim. İçinde üç defter, bir planlayıcı ve iki kitap (her ikisi de yer imli) oturun. Ayrıca, mor, siyah ve turkuaz mürekkepten yapılmış bir dizi kalem. Bir kutu kurşun ile birlikte bir tıklama kalemi de. İşim bir kafede oturmamı, dizüstü bilgisayarımı açmamı ve yazmamı gerektiriyor. Ya da yatağıma oturabilirim. Ya da ofisteki kabinimde. Yine de, yaptığım şey kabul edilemez, buna değmez. Bana sık sık ne yaptığım soruluyor. Yazıyorum, onlara söylüyorum. Sorun değil, ama ne yapıyorsun? Anlatmaya, açıklamaya başlamadan çok önce, reddedilirim.

> Bu sadece bir balıktı, Allah aşkına! Dönem.

Evde bir köpek seçmek affedilebilir olabilir, bir köpek üzerinde bir akvaryum balığı seçmek küfürdür. Balıklarım cam bir kapta tek başına oturuyor. Bakılırsa, çoğu köpekten daha uzun yaşayabilir. Bir sarılmaya ihtiyacı yoktur veya karşılığında bir tane verir. Onu yalnız bırakın ve umursamayacak. Kasesine dokunmak için parmağınızı kullanın ve izinizi takip edecektir. Balıklarım mobilyaları çizmiyor veya dökmüyor. Bir çocuğu bile korkutup kaçıramaz. Kasesinde

BIR KÖPEĞIM VAR.

yaşar, uyur, nefes alır, içer, beslenir ve kaka yapar. Japon balığım ölürse, birçok kişi tarafından fark edilmeyecek. Çok az yer kaplar. Ses çıkarmaz. Sızlanacağım, yumuşakça.

Kişi sadece evcil hayvan dükkanına yalnız gitmeye karar vermekle kalmayıp, aynı zamanda *değersiz, gerçek dışı* olanı da gördüğünde olan şey budur. DJ'ler, tasarımcılar, şefler, şarkıcılar, aktörler, bisikletçiler, sanatçılar... dinliyor musun? Ve burada 'saç' şarkısını söyleyecek bir rapçi olmasını umuyordum!

Cevaplarını bulmamız gereken birkaç soru:

Çocuğunuzla birlikte olmak istediğiniz için istifa ettiğinizi söylemek bir zayıflık işareti midir?
Terfi etmek istediğiniz için bir iş transferine evet demek bir zayıflık işareti midir?
Bir köpeğe sahip olmak ya da olmamak bir zayıflık işareti midir?
İşin, kariyerin ne olduğuna ve kaç saat harcadığımıza kim

Her zaman bir işim vardı, bu yüzden evlendiğimde ve ülkeleri değiştirdiğimde, hala çalışacağımı biliyordum. Aksi takdirde, beni meşgul etmek için yeterli olacağı söylendi. Yeni tarifler deneyebilir, oturma odası için perdeler satın alabilir, film izleyebilir, spaya gidebilir veya kitap okurken uyuyabilirim. (Ve bahsedilenlerin hepsini yapmayı seviyorum) Birkaç ay boyunca bir iş bulamadığımda (kapsamlı bir şekilde yazdığım gibi), bunun yerine bebek yapmam, hayatıma başlamak için zamanı kullanmam söylendi, ayrıca işsiz olduğum için mükemmel bir fırsattı (evden serbest çalıştığım için ve pandemiden önce WFH gerçek bir şey değildi). Hayatımın o anında bir işe geri dönmekten başka bir şey istemediğim gerçeği hiçbir zaman tartışmaya açılmadı.

karar veriyor?

Diyorum ki, bu cevapları kendiniz için bulmaya başlamanızın zamanı geldi.

Çünkü sizin çalışma tanımınız benimkinden farklı.

Krem ipek kanepenizdeki bir leke, hiçbir şeyde kötü olduğunuz anlamına gelmez. Kahvaltıda artık pizza yemek de yok. Aslında, her ikisi de iyi bir tada sahip olduğunuzu gösterir.

Bu bir barış çağrısıydı. Şimdi, affedersiniz, gidip balık yemi almam gerekiyor.

Yine sıra sizde. Neden bir gün bakmak istediğiniz bir evcil hayvanın ayrıntılarını paylaşmıyorsunuz? Sizden beklenenin müdahalesi olmadan tutmanıza izin verilecek bir evcil hayvan. Bir süredir, evlilik, kariyer ve çocuklardan sonra yaşamın endişelerini terk edin ve bir köpeği evlat edinmeyi özgürce hayal edin. (Oku: Bir kız astronot olamaz. Bir kadın CEO olamaz. Bir kadın bir suç mahalliyle başa çıkamaz).

Suçluluk duygusu birbirimizi tuzağa düşürelim.

SUNUMU BU AKŞAMA kadar YAPMAM GEREKİYOR.
Bu geceye kadar ev seçimini ve yayılımını almalıyım.

Bu iki ifadeyi de söylerken aynı saldırganlığı ve inancı gösteriyoruz. *Feminist* dünyada, bir kadının hem satış hedefine hem de temiz çamaşırlarına olan bağlılığını yargılamak yanlış olur. Çamaşır yığını hedeflerden daha büyük olana *kadar* iş demek istiyor. İşte o zaman HER BİRİMİZ onu yavaşlamaya çağırıyoruz. Yeniden ziyaret etmek, öncelik vermek. Ona mola vermenin sorun olmadığını söylüyoruz, ki bu *gerçekten de öyle.*

Ara vermenizde bir sakınca yok. *Öyle mi?* Ona her şeyi yapabileceğini, deterjanı son teslim tarihiyle dengeleyebileceğini söylüyoruz, ama bunu kastetmiyoruz. Ona yardım edebiliriz ama onun yerine geçemeyiz. Onun bocalamasını bekliyoruz. "Sana söylemiştim!" demek için bekliyoruz.

Suçluluk tuzağına kapılmak için acı çekiyoruz ve "Her şeyi nasıl dengeliyorsun?" diyoruz.
Söylemeye çalıştığımız şey, "Yani çocuğunuzun yıllık günlük performansı üzerinden bir yönetim kurulu toplantısı mı seçiyorsunuz?"

Bekar kadınlar, çalışan eşler, evde kalan eşler, evden uzak eşler. Çalışan anneler, evden çalışan anneler ve evde kalan anneler. Ve arada ve ötesinde tüm diğerleri. Hadi yapalım, garip, gereksiz, rahatsız edici, kaba bir konuşma yapalım. Suçu işleyelim.

Erkeklerin kariyerleri vardır. Kadınların suçluluk duygusu vardır.

Ne diyoruz	Ne demek istiyoruz?
Oh, bunu nasıl yaptığını bilmiyorum, evini bir dadı ile terk etmek çok zor olmalı.	Çocuğunu nasıl bir yabancının ellerine bırakabilir? Bir işe sahip olmak bu kadar önemli mi?
Oh, evde kalmak ve bütün günü kendime ayırmak için her şeyi yapabilirim.	Evde sıkışıp kalmayı hayal bile edemiyorum! Yemek pişirmek, çamaşır yıkamak, lambaların tozunu almak... Ve her şey bittiğinde, ne yaparsın, çocukların ve kocanın eve dönmesini bekler misin?
Çocuk sahibi olana kadar bekleyin.	Ah, kariyer kadını olmakla ilgili tüm bu büyük konuşmalar, preggers aldığı gün sona erecek!
Evlenene kadar bekle.	Oh, bir kariyere sahip olmakla ilgili tüm bu konuşmalar, düğümü bağladığı anda kaybolacak.

SUÇLULUK DUYGUSU BIRBIRIMIZI TUZAĞA DÜŞÜRELIM.

Güzel! İkinci bir çocuk sahibi olmayı planlıyorsunuz!	En azından şimdi işinizden ayrılın. Önce sahip olduğunuz şeyi yükseltin.
Yani, işi üstleniyorsunuz. Bu, ikinizin de iki farklı şehirde yaşayacağınız anlamına mı geliyor? Ah, mesafe kalbi daha düşkün yapar!	Bu nasıl işleyecek? Neden bırakmıyorsun? Bu evliliği hiç umursamıyor musun?
İş telaşlı olabilir.	Sizi sınıfın doğum günü partilerinin hiçbirinde görmememize şaşmamalı!
Evden çalışma, takip edilmesi zor bir konudur.	Oh, bu gerçekten bir iş değil! O sadece zaman öldürüyor.
Ah, çocuklarınız çok şanslı! Anneleri tamamen kendilerine ait.	Hayatta anne olmaktan daha fazlası var.
Destekleyici bir aileniz olduğunu bilmek güzel.	Kayınvalidelerinin onun bu kadar bağımsız olması hakkında ne düşündüklerini merak ediyorum.
Oh, evde kalan bir eş olmak çok fazla iş!	Tam olarak ne yapıyor? Kedicik partilerine git!

Bunun yerine çalışabilecekken evde kalmaktan suçluluk duymuyor musunuz?	Ne acıklı bir hayat.
Bunun yerine evde olabilecekken işte olmaktan suçlu hissetmiyor musunuz?	Ne acıklı bir hayat.

Artık birbirimizi utandırmayı bitirdiğimize göre, konuşalım.

Sanırım sol elimizde oklava, sağda bir dizüstü bilgisayar, sol dirseğinizle asansör düğmesine basarak ve kapıdan çıkarken çocuğumuzun (eşinin) alnına bir öpücük dikerek iş ve evi nasıl dengelediğimizi bilmek için acı çekiyorsunuz. Ya da belki de evde nasıl rahatladığımı, hırka örüdüğümü, kek pişirdiğimi ve komşularla dedikodu yaptığımı bilmek istersiniz.

> Kadınlar, hepsine sahip olamazsınız, erkekler bile hepsine sahip olamaz. Ancak hepsinin ne içerdiğine karar verebiliriz.

Çünkü anne olmayan birinin duyulması gerekir. Çünkü bu bizim aramızda, anne ve anne olmayanlar arasındadır ve *bize* saygı duyuyoruz.

PREGGERRRSS'I ÇILDIRIYORSUN! !
Ben sizin için çok HAPPPyyyy
Sen bir annesin! S**t!! S**t! S**t! ~~Sizini~~çin çok heyecanlıyım ABD! Bunu ne kadar çok istediğini biliyorum ve küçük sarılma topunun sana ne kadar mutluluk getireceğini şimdiden hayal edebiliyorum. Sizin için çok mutluyum. Bekle, burada ağlamaktan korkuyorum, utanç verici mutlu dansımı toplum içinde yapıyorum. Bu hareketleri asla kamusal alanda göstermeyeceğime yemin ettiğimi biliyorum, ama hadi bu haber bunu gerektiriyor.

Çocuklarınızı önemsiyorum, her zaman önemseyeceğim. Bana güvenebilirsin.
Bu vesileyle onların vaftiz annesi olma rolünü alçakgönüllülükle kabul ediyorum. Bana olan güveninizden dolayı onur duyuyorum. Ben de gururla ışıldıyorum, çünkü biliyorum ki, yol boyunca inancı kazanmış olmalıyım.

Benden sonra tekrarla.

İçimde, durum ne olursa olsun, ortaya çıkacak ve sorumluluğu üstlenecek bir anne-dadı var.

İlk lazımlık veya ishal durumu. İlk diş ortaya çıkar veya salıncaktan düşer.

Islıklar ve alkışlar. En gürültülü benden gelecek. Keman konserinde, yetenek gününde. Mezuniyette, düğünde. Duşta tekerlemeler söylerken bile, baloncuklarla oynarken onlar için tezahürat yapacağım. Okul karşılamaları. El sanatları projeleri. Yüzme dersleri. Bebek bezi alışverişi. Elbiseler ve kravat seçimleri.

Kızım, seni koruyacağım. Sadece bir bakış, arama veya mesaj ve ben ortaya çıkacağım.

Bu büyük, iyi bir haber ve en içten tebriklerim var. Bu rolde size yardımcı olmak için 24x7x365 günlük taahhüdüm var.

Ancak, bir AMA var.

AMA bilmelisin ki, bunun dışında sunacak daha çok şeyim olacak ve sizden daha fazlasını isteyeceğim.

Çocuklarınızı gerçekten önemsiyorum, her zaman önemseyeceğim. Ama bilmelisin ki *ben seni, bizi* daha çok önemsiyorum. Her zaman yapacağım.

Beşiğin rengini önemsiyorum, kumaşın yumuşak, kenarlarının pürüzsüz olması gerektiğini anlıyorum. Çocuk odasının duvarlarındaki karakterler, gördüklerimi seviyorum. Telefonda bana onun zayıf, sevimli geğirmeleri hakkında fışkırabilirsin, ben de kıkırdayacağım. Ancak, emzirme sütyeninde kendinizi rahat hissedip hissetmediğinizi bilmek istiyorum. Beslenme yastığının reklamlarda gösterdiği gibi bir faydası var mı? Öğle yemeğini yedin

ÇÜNKÜ ANNE OLMAYAN BIRININ DUYULMASI GEREKIR.
ÇÜNKÜ BU BIZIM ARAMIZDA, ANNE VE ANNE OLMAYANLAR
ARASINDADIR VE *BIZE* SAYGI DUYUYORUZ.

mi yoksa tat tomurcukları hala doğum izninde mi? Bunu bilmek istiyorum. Hayır, emzirme ya da pompalama hakkında hiçbir şey bilmiyorum ve bebek sindirimi ya da osuruğu hakkında hiçbir şey bilmiyorum. Ancak, Google'da arama yapabilir ve bazı ipuçları sunabilirim.

Eminim onun bazı şaşırtıcı resimlerini tıkladınız ve sahnede bir ağaç gibi sevimli görünüyordu. Ah, balerin videolarını da seviyorum. Daha fazlasına sahipsiniz, onları gönderin. Bunu tüm arkadaşlarımla paylaşacağım ve küçük sanatçımızla gurur duyacağım. Ama bunların tekrarlarını izlediğimde, bana kendinizin de bir resmini göndermenizi istiyorum. Selfie'leri asla tıklamayacağımıza söz verdiğimizi biliyorum, ama yine de gönderin. Yaprakları elbisesine yapıştırmakla o kadar meşguldün ki, makyaj yapmak için zar zor zamanın olduğunu anlıyorum. Sadece çantanızdaki fırçayı kullanmanız için sizi dürteceğim (veya onunkini kullanacağım!) ve kabindeyken tarayacağım ve yüzünüzü temizlemek için bebek mendillerini kullanacağım. "MÜKEMMEL görünüyorsun! Büyük gün için iyi şanslar!" Geri mesaj atacağım.

Oyuncak ayılarının, prensesinin, savaş uçaklarının ve pop yıldızlarının isimlerini ezberledim. Yazım testlerinde ne kadar puan aldıklarını biliyorum. Kendime bir klasörüm var ve orada benim için yaptıkları tüm kartları dolduruyorum. Notlarını önemsiyorum. Ama söylesene, CV'ni güncelleme şansın oldu mu? İşe geri dönmek istediğinizden bahsettiniz. Hala kendinizin sadece %99.9'unu Bilim projelerine vermekten endişe duyuyor musunuz? Gelin, sıcak bir banyoya ve ciddi bir danışmanlığa ihtiyacınız var. O zamana kadar şarabı soğutacağım.

Yemek zamanlarının özel olduğunu biliyorum. Haşlanmış

brokoliyi sevdiğini, mantarları sevmediğini biliyorum. Süt yerine yoğurdu tercih ettiğini biliyorum. Bir araya getirdiğin beşinci doğum günü partisine bayıldım. Salyangoz sandviçlerini sevdim ve kek, OMG, çok sevimliydi. Oh, buzlu kelebek kanatlarının papatyaların üzerine oturmadığını biliyorum ama ne olduğunu biliyorsun, kimse bunu bu kadar yakından fark etmedi. Dürüst olmak gerekirse, diğer detaylarla pek ilgilenmiyorum, piñata, parti favorileri. Önemsediğim şey, her şeyi hallederken ne kadar yorgun olduğunuzu bana söyleyebilmenizdir. İlgili masrafları tartışmak için beni aramanız benim için önemli. Bana o pastanın tadına bakmam gerektiğini söyle. Şimdiye kadar pişirdiğin en iyisiydi.

Okul saatlerinin iki saat arttığını biliyorum. Bu ekstra zaman için dua ettiğinizi biliyorum. Vay. Artık en sevdiğiniz kitabın bir tam sayfasını kesintisiz olarak okuyabilirsiniz. Kapı kapalıyken duş alabilirsin, eve geldiğinde kapıyı her zaman açık bıraktığını biliyorum, sana ihtiyacı olursa diye (babası etrafta olsa bile, kafana şampuan sıktığın anda sana ihtiyacı olabilir!). Bu ben-zamanının seni nasıl hissettirdiğini önemsiyorum. Kendinizi rahat hissediyor musunuz? Şimdi Salsa sınıfına katılabileceğinizi, evden çalışabileceğinizi veya bir kahve içmek için bana katılabileceğinizi düşünüyor musunuz? Yoksa onu özlemeye mi başladın? Bilmek istiyorum.

Fakir bir şarkıcı olsam da ve arabanızda çaldığınız müziği umursamasam da, her zaman müzisyen olmak istediğini biliyorum. Kayınvalidelerinizin, akrabalarınızın ve komşularınızın kariyer seçimi hakkında ne söyledikleri umurumda değil. Umarım doğru yolu seçmesine yardım etmişsindir, şarkı söylemenin sadece bir hobi olabileceğini düşünen bir teyze değil. O teyzeyi umursamıyorum. Çocuklarınızın keşfetmesine, hayal kurmasına

ÇÜNKÜ ANNE OLMAYAN BIRININ DUYULMASI GEREKIR. ÇÜNKÜ BU BIZIM ARAMIZDA, ANNE VE ANNE OLMAYANLAR ARASINDADIR VE *BIZE* SAYGI DUYUYORUZ.

yardımcı olacak kadar cesur olmanı önemsiyorum. Bana bunun hakkında daha fazla bilgi vermek istiyorsun, saat ikide beni ara, söz veriyorum dikkatle dinleyeceğim.

WHAAAAAT'ı korkutuyor??? Onun ~~için çok~~ HAPPPyyyy Evleniyor!! S**t!! S**t! S**t! Onun için çok heyecanlıyım~~, sen~~, ABD! Geliyorum. Bunu telefonla yapamayız. Bana onun "iyi" olduğunu söyleme. Bana onun "iyi" olduğunu söyleme. Söylesene, eve girdiğinde, bir dansa girmek gibi hissettiğini söyle! Seni neyin huzursuz ettiğini söyle bana. İkisi de gittiğinde söyle bana, S**T LOADS diye ağladın, çünkü mutluydun, ya da üzgündün, ya da mutluydun-üzgündün, ya da üzgündün. Mutlu dansı yapmalı mıyız? Hadi, hadi bakalım, kimse bizi izlemiyor, kimse bir kafede bacağını sallayan şaşkın eskileri umursamıyor!

Odalarının her zaman olduğu gibi olduğunu biliyorum. Seni ziyaret ettiklerini biliyorum ve en sevdikleri yiyeceklerin masaya sıralandığından emin olmak istiyorsun. Kendi çocuklarıyla büyüdüler ama MUM'larına ihtiyaçları var ve MUM'larının da onlara ihtiyacı var. Umarım onlara yüksek hızlı WiFi'yi aldığınızı ve ekmek dilimlerinden kabukları kestiğinizi fark ederler (tıpkı çocukken sevdikleri gibi). Ama benim dileğim, doğum gününüzde size çiçek ve pasta göndermeleri. Umarım Anneler Günü'nde size dilek dilerler, ikimiz de böyle günleri pek düşünmesek de. Sana bakmaları için dua ediyorum. Umarım nerede olursanız olun, sebepsiz yere sizi öpüşürler ve fısıldarlar ya da bağırırlar: Seni seviyorum ANNE!

Çünkü, eğer yapmazlarsa. Kızım, sadece bir bakış, ara ya da mesaj ve ben ortaya çıkacağım.

o

Anne olmayı asla bırakmayacağın umurumda değil. Bana hamilelik testinizin pozitif çıktığını söylediğiniz günden beri biliyordum! Ve sen ve ben, ikimiz de, bunun değişmesini asla istemeyiz. Bir oğlanın ya da bir kızın ya da her ikisinin birden olması umurumda değil. Bir çocuğunuz olması ya da on çocuk yetiştirmeniz umurumda değil, benim için önemli olan onlara sahip olmanız, çünkü onlara sahip olmayı seçiyorsunuz. Kocanızın teyzesi bir tane almanın sizin için önemli olduğunu düşündüğü için değil. Umarım siz ve kocanız bu kararı birlikte verdiniz ve o zaman ikiniz de ebeveyn olmaya hazır olduğunuzu hissettiniz. Tanıdıklarınız sizden sürekli "iyi haberler" istediği için değil. Ebeveyn olduğunuzda birbirinize daha fazla saygı, sevgi ve sabırla davranmayı hatırlayıp hatırlamadığınızı önemsiyorum. Şunu bilmek isterim ki, siz de partnersiniz ve aynı zamanda ebeveynler de öylesiniz. Kayınvalidenizle, ebeveynlerinizle veya kocanızla yetiştirme ipuçları, sorunları ve hataları konusunda yaşadığınız kavgaları umursamıyorum. Çünkü ikimiz de biliyoruz ki elinizden gelenin en iyisini yaptınız ve yapıyorsunuz. Ve başka hiçbir şeyin önemi yok. İlk regl olduğunuzdan beri bir bebek istediğinizi biliyorum!

Önemsediğim şey, bunalmış, sinirlenmiş, aşırı neşeli, bitkin veya sinirli hissettiğiniz anlardır. Çocuğunuzu bir film izlemek, bir yönetim kurulu toplantısına katılmak veya kendinize ağlamak için odada ağlayarak bırakmanız beni rahatsız etmiyor, çünkü onu nasıl susturacağınızı bilmeden çaresiz hissettiniz. Bana her iki anı da anlatacağınıza dair bir söz verin: Onlara sarılmak istediğiniz için onlara doğru olabildiğince hızlı koşmak istediğinizi hissettiğiniz zaman ve onlardan olabildiğince hızlı kaçmak istediğinizde, çünkü sizi delirtiyorlardı.

Tamamen büyümüş kaşlarınızı veya bıyıklarınızı evcilleştirmek için zamanınızın olmaması umurumda değil. Önemsediğim şey,

ÇÜNKÜ ANNE OLMAYAN BIRININ DUYULMASI GEREKIR.
ÇÜNKÜ BU BIZIM ARAMIZDA, ANNE VE ANNE OLMAYANLAR
ARASINDADIR VE *BIZE* SAYGI DUYUYORUZ.

size *nasıl olduğunuzu* her sorduğumda, bana nasıl olduğunuzu söylemenizdir.

Ancak tüm bunların ortasında, esnememi bastıramayacağım veya telefonuma bakamayacağım anlar olacak. İşte o an, hayatınız, çocuklarınız, kilo alımınız, vajinal travmanız hakkında konuşmayı bırakmanızı istiyorum. Derin bir nefes almanızı ve beni duymanızı isteyeceğim, belki de takıntılı bir anneye ya da tirana dönüştüğünüzü söylemek istediğim zamanlar olacak. Belki de kapıdan çok kızgın ve sinirli bir şekilde çıkardım, o anlarda arkanıza yaslanıp beni meşgul hayatınızda neden bir kez daha sıkıştıramadığınızı merak etmenizi isterdim. Böyle anlarda makul davranmanız için size güveneceğim.

Her zaman İYİ olmak konusunda size söz veremem. Sabırsızlanacağım anlar olacak. Neyin bu kadar önemli olduğunu, neyin bu kadar yanlış olduğunu, neyin böyle olduğunu anlamakta zorlanacağım anlar... blah-blah. Ama çoraplarımı kaldıracağıma söz veriyorum, çünkü en çok önemsediğim şey beni annelik yolculuğunun bir parçası yapman. Ve sen ve ben birlikte büyüdük. Sen anne olmayı seçerken, ben teyze olmayı seçiyorum. Ve kararıma, varlığıma ve rolüme saygı duymanı istiyorum, tıpkı seninkine saygı duyacağıma söz verdiğim gibi.

Orada, şimdi sizden biraz rica ettiğimi söyleyeyim. Kısa tutmaya çalışacağım.

Anneciğim, sana ayak uydurmak zor, her zaman olacak.

Çünkü günlüğünüzde her zaman daha fazla futbol dersi, sanat dersi ve bilim sergisi olacak. Çünkü siz de daha fazla doğum günü partisine davet edileceksiniz. Çünkü mutfağınız telaşlı bir çocuğa hitap edecek. Çünkü iş ve evden daha fazla denge kuracaksınız, ev, iş ve çocuklar arasında hokkabazlık yapacaksınız. Çünkü evet, bir anne her zaman anne olmayandan daha meşgul olacaktır. Ve bunun üzerinde tartışmayacağım.

Ama bana, anne olmayanlara da ayak uydurmak için yeterince çaba göstermeni istiyorum.

Öncelikle, anne olmamaya karar vermemin nedenlerini bilmenizi istiyorum ve bunlara saygı duymanızı istiyorum. Kendi alanımda olduğum yerde mutlu olduğumu bilmenizi istiyorum. Belki de bebek pudrasının aromasını seviyorum, ama yeterince sevmiyorum. Seçimimi yeniden düşünmem için beni ikna ettiğin için minnettarım çünkü biyolojik saatim işliyor. Ama bilmenizi isterim ki, izlemeyi seçtiğim yoldan eminim. Teyzelerim veya komşularım, meslektaşlarım veya ebeveynlerim, kayınvalidelerim veya kardeşlerim, çamaşır yıkayan kadınlar veya spor salonu eğitmeni, jinekolog veya göz cerrahının neden çocuksuz kalmak istediğimi anlamaması umurumda değil. Ah, çocuksuz, bu kelimeyi söylemek için deli, bencil bir b***h olmalıyım. (Sshhh... belki, zavallı şey çocuk sahibi olamaz!)

Beni rahatsız edecek olan şey, benden şüphe etmen, kararımı kavrayamaman. Çünkü bir kadın olarak, *modern, kabul edilemez, düşünülemez* yolu seçtiğim için beni yargılamanızı istemem. Kaşlarınızı kaldırmamanızı veya annelik dışı bakış açımla ilgili şakalar yapmamanızı beklerdim. İkimiz de hiçbirimizin bir besleyici, verici veya annelik içgüdüsü yarışması için rekabet etmediği konusunda hemfikir olacağız.

Eşimin ve benim HAaaaaPPPPY'yi çıldırdığımızı bilmenizi istiyorum! Benim için mutlu olmanı istiyorum ABD.

ÇÜNKÜ ANNE OLMAYAN BIRININ DUYULMASI GEREKIR.
ÇÜNKÜ BU BIZIM ARAMIZDA, ANNE VE ANNE OLMAYANLAR
ARASINDADIR VE *BIZE* SAYGI DUYUYORUZ.

Evime girdiğinizde ve minderleri bardak altlıklarıyla eşleştirdiğimi ve ikisinin de doğru yerde olduğunu gördüğünüzde, bunu takdir etmenizi istiyorum. Çünkü hepsi güzel, düzenli ve düzenlidir. Çünkü bunu yapmak için zaman ayırdım. Evim temiz çünkü çocuğum olmadığı için değil, çok sevdiğim ve bunun için çalıştığım için. Ya da tam tersi.

Beni aradığınızda ve bir meyve yüzüne gittiğimde veya kendime gece geç saatlerde bir film rezervasyonu yaptığımda, bana "Tadını çıkar!" Huysuz üç yaşındaki bir çocuğu emzirirken müfredat dışı etkinliklere katıldığım için ne kadar şanslı olduğumu söylemeyin. Vücuduma yapışan bir elbise giyersem ama güzel görünmeyi başarırsam, bana MÜKEMMEL göründüğümü söyle. Çocuk sahibi olmaya karar verene kadar zayıf ya da zayıf olduğum için şanslı değilim. Formdayım çünkü bisiklete binmeye, yüzmeye ve yürümeye düşkünüm.

İnsanlara çocuk istemediğimi söylememin benim için ne kadar sinir bozucu olduğunu umursamanızı istiyorum. Ve hiçbir cevabın asla yeterince iyi olmadığını. Size gelecek ay iş yerinde bir ödül alacağımı veya sadece sizinle birlikte izlemek istediğim bir filme sinema biletlerim olduğunu söylersem, umarım zaman bulabilir ve orada olmak için ayarlamayı yapabilirsiniz. En sevdiğim küpeyi kaybettiğim için kötü bir gün geçirdiğimi veya en sevdiğim makara karakterimin şovda öldüğünü veya satış hedefime ulaşamadığımı söylemek için sizi aradığımda, umarım sabırlı, dikkati dağılmamış bir dinleyici olabilirsiniz.

Keşke bunu önemseyebilseydiniz ve bunu bizim savaşımız olarak görebilseydiniz.
Neden? Çünkü aksini seçmiş olsaydınız, sizin için de aynısını

yapardım.

Bir filme git, yüz. Kızım, bunu örtbas ettim. Bebeğim oturacağım. Ama şunu bilmek isterim ki, sen de beni korumuşsun.

Gününün *tam olarak* neye benzediğini bilmediğim için asla özür dilemeyeceğim ve özür dilemeni de beklemiyorum. Hayatını asla tam olarak anlayamayabilirim ve senden de beklemem.

Suçluluk hissetmeden, yeni bir araba için para biriktirdiğimi söyleyebilmeyi önemsiyorum, bana çocuklarınızın eğitimi için kendinizinkini bırakmanız gerektiğini söylediğinizde bile. Umarım benim de çamaşırlarım, ilgilenecek yiyeceklerim olduğunu her zaman hatırlayabilirsin. Umarım bir zamanlar anne olmadığınızı da hatırlayabilirsiniz ve ben de size çok saygı duydum ve sevdim. Umarım birisi bana işimde iyi olduğumu söylerse benim için kavga edebilirsin çünkü HENÜZ bir anne değilim. Onlara benim adıma, ÇOCUKLARIN benim kalibremle, benim seçimimle hiçbir ilgisi olmadığını söylemenizi diliyorum. Çünkü, eğer bu kişinin YÜZÜNÜ, eğer başarınızı, kredinizi sizden alsaydı, çünkü ÇOCUKLARINIZ olduğu için yumruk atardım. Çocuk yetiştirme konusundaki önerilerim, görüşlerim ve tavsiyelerim sizin için hiçbir şey ifade etmeyebilir, çünkü ben sizin yerinizde değilim, ama umarım yine

> Kadınlara sıklıkla sorulan soru, çocuk sahibi olmak isteyip istemedikleri değil, ne zaman çocuk sahibi olduklarıdır. Ve ikimizin de bilmesini isterim ki, bir çocuğumuzun olup olmaması ya da ikinci ya da üçüncü bir çocuğumuzun olması onların işi değildir ve "sadece bir oğlan çocuğu bir aileyi tamamlar" düşüncesi bizim için hiçbir şey ifade etmez.

ÇÜNKÜ ANNE OLMAYAN BIRININ DUYULMASI GEREKIR.
ÇÜNKÜ BU BIZIM ARAMIZDA, ANNE VE ANNE OLMAYANLAR
ARASINDADIR VE *BIZE* SAYGI DUYUYORUZ.

de onları dinlemek için sabrınız vardır. Yeğenlerime bakıp zayıf anlarım olabilir. O anlarda, umarım "Ama, sana söylemiştim..." demek için hızlı değilsinizdir.

Umarım bir gün sen ve ben dünyaya bir kadının başka bir kadını anlayabileceğini gösterebiliriz. Anne olmayan biri olarak, nadiren kendimi duyurma şansım oluyor ve umarım bana fikrimi söylemem için dürüst bir şans verebilirsiniz. Umarım endişelerim, görüşlerim, 'Anne olmayan biri olmanın eğlenceli olmasının 10 nedeni' veya 'Anne olmadan önce yapmanız gereken 10 şey' başlıklı bir blog yazısının altına gömülmez. Çünkü hayat, ikimizin de bildiği gibi, o kadar da anlamsız değildir.

Çünkü sen, dostum, anne olmayı seviyorsun ve kimsenin fikrinin yoluna çıkmasına izin vermedin. Çünkü ben, arkadaşım, anne olmayan biri olmayı seviyorum ve kimsenin fikrinin yolumda durmasına izin vermedim.

Anneliğin veya anneliğin yüzeysel detayları hakkında bir S**T vermiyorum. Temel olarak, hem sizin hem de benim, seçimlerimizi yaptığımızın yeterince güçlü, hassas ve farkında olmamızı ve gerçekten başarısız olmamaya, birbirimize saygısızlık etmemeye çalışmamızı önemsiyorum.

Çünkü başarısız olursak, birbirimizi başarısızlığa uğratırız kızım.

Şimdi duracağım, çünkü annelik görevlerinize geri dönmeniz gerektiğini biliyorum ve bir çocuk yetiştirmenin gerçekten ROKET BİLİMİ olduğunu biliyorum. Ama bilmenizi isterim ki, benim de ilgilenmem gereken hedeflerim, engellerim, nefretlerim ve görevlerim var.

○

Doğum günümde bana dilek dilemeyi hatırlamanı önemsiyorum, gitmek için erken bir ebeveyn-öğretmen toplantın olsa bile. Sadece bana bunun için bir hatırlatma koyman gerektiğini söylersen gülümseyeceğim! Ancak, bizim için üzülürsem ve ayrıldığımızı hissedersem, bir konuyu gündeme getireceğim.
Astronomi alanında bir derecenin doğum kadar büyük bir kutlamayı hak ettiğini bilmenizi önemsiyorum.

Benden sonra tekrarla: hiçbiri önemli değil.

İkimiz de TAMIZ, durduğumuz yerde.
Hayatının güzel olduğunu biliyorum. Bilin ki benimki de öyle.
Birisine bazı günlerde anne olmaktan bıktığınızı söylemek istediğiniz anlar varsa, o kişinin ben olabileceğini unutmayın. Aynı şekilde, yorgun olduğumda size geleceğim.

Uyarı: Evet, bu uzun bir okumaydı ve bunu başka bir uzun okuma izledi. Çünkü hem anne hem de anne olmayan, bu kitapta, bu yaşamda maksimum yeri hak ediyor. Dikkat sürelerimiz daraldı, görevlerimiz değil. Öyleyse okumaya devam edin.

Çünkü bir annenin duyulması gerekir.
Çünkü bu bizim aramızda, anne ve anne olmayanlar arasındadır ve *bize* saygı duyuyoruz.

ONLARA SÖYLEDİNİZ ÇILDIRDINIZ!! Woohoo!! Şimdi, bu benim kızım.
Hayır, bekle, bekle, bekle, bekle, bekle! Oturayım. Her şeyi bilmem gerekiyor, lütfen tüm detaylar.
Telefon sessiz, bebek monitörü gözlerime, kulaklarıma yakın. Artık onun okulu, yemekleri hakkında konuşmama gerek yok. Ah, *Peppa Domuzu'nu* da kapatayım.
Ateş etmek.

"Öyleyse, iyi haberler zamanı! Göz kırp, göz kırp! Zamanı geldi kızım!"
"Terfimden mi yoksa yeni dairemizden mi bahsediyorsun? Hata..."
"Haydi, iyi haber! Erkek ya da kız ve kaç tane? Kıkırdar!"
"Hiç çocuğumuz yok."
Damla sessizliğini sabitleyin. Garip sessizlik. Yargının sessizliği!
"Ne? Ama bir süredir evlisin, iki-üç yıldır, değil mi? Saat işliyor. Yine,

kaç yaşındasın?"
"Beş yıl. Beş yıldır evliyiz."
"O zaman?"
"Bunu düşündük ve hiçbirine sahip olmak istemiyoruz."
"Tabii?"
"Evet. Çok fazla."
"İkiniz arasında her şey yolunda mı? Tıbbi olarak, işler sağlam mı? Sorumu bağışlayın ama gerçekten endişeliyim. İstemediğiniz ne demek istiyorsunuz? Sen bir kadınsın, bunu nasıl söyleyebilirsin?"
"İlginizi takdir ediyorum. Ama biz ebeveyn olmak istemiyoruz."
"Ne zamana kadar? Peki ya ebeveynleriniz? Onları sevmiyor musun?"
"Üzgünüm, bunun nasıl bir ilgisi var?"
Filan.
"Ah, fikrini değiştireceksin. Ve umarım o zamana kadar çok geç değildir."

Vay.
Ne. Bir ödülü hak ediyorsunuz. Bu büyük, büyük bir haber. Haberi kırmak, kamusal alanda "çocuksuz" kelimesini söylemek. Tebrikler. Benim gerçek cesaret gösterisi dediğim şey budur ve bu da duruşla.

Annelik hakkındaki görüşlerinizi her zaman biliyordum ve sizi seçiminizle rahat ve huzurlu görmekten çok memnunum. Dışarıdaki kadınların kaç tanesinin bunu yapmasına izin verildi / yapabildi? İsteyebilecek birçok kişi, kayınvalidelerin, ebeveynlerin, teyzelerin ve amcaların, hatta ortakların baskısına yenik düşer. Oh, umarım bunun birbirinize olan sevginizi, ebeveynlerinize olan saygınızı, TIBBİ refahınızı açıklamanız ve haklı çıkarmanız istenen birçok seferden sadece biri olduğunu biliyorsunuzdur. sırf ÇOCUK istemediğin için!

ÇÜNKÜ BIR ANNENIN DUYULMASI GEREKIR.
ÇÜNKÜ BU BIZIM ARAMIZDA, ANNE VE ANNE OLMAYANLAR
ARASINDADIR VE *BIZE* SAYGI DUYUYORUZ.

Tabii ki, tam desteğime sahipsin. Ben, tek başıma, sizin kalkanınız, ekibiniz olacağıma söz veriyorum.

Bir kelime ve ben ortaya çıkacağım. Savaş elbisemde, kılıcımla. Süper güçlerim olduğunu biliyorsun, değil mi? Annenin süper güçleri!

Ancak, bir AMA var.

AMA bilmelisin ki, bunun dışında sunacak daha çok şeyim olacak ve sizden daha fazlasını isteyeceğim. Seni gerçekten önemsiyorum, her zaman önemseyeceğim. Ama bilmelisin ki *ben de bizi* önemsiyorum. Her zaman yapacağım.

Hamilelik sonrası çatlaklarla asla savaşmak zorunda kalmayacağınız gerçeğini düşünerek gülümsüyorum. Ve evet, asla bir yığın hamilelik kıyafetiyle yüz yüze gelmeyeceksiniz, başka bir çörek pişirmek istemeniz durumunda onları atıp atmayacağınızı veya saklayacağınızı merak edeceksiniz! Hamile kıyafetleri alışveriş suçluluğu dediğim şeyi yaşamayacaksınız. Ama ne olduğunu biliyorsun, bunlar önemsiz detaylar. Umarım doğum sancısı korkusu ya da içinizde bir bebek taşıma endişesi ya da kararınızın arkasında yatan bir bebeği büyütme konusunda kendinden şüphe duymazsınız. Çünkü, eğer öyleyse, o zaman hem Google'ınız hem de canlı 24 saat sohbet seçeneğiniz olabilirim. Bir feryat duyana kadar itmek ve siz de iterken dünyayı kötüye kullanmak hakkında çok şey biliyorum! Acı veren dikişler ve işbirliği yapmayan göğüsler hakkında çok şey biliyorum. Ve söz veriyorum, elini tutacağım ve gerekirse sakin kalmana yardım edeceğim. Sizden gerçekten duymak istediğim şey, kararınızdan yüzde 100 emin olduğunuz ve bunu sizin ve eşiniz için doğru olan bir nedenden dolayı yaptığınızdır. Birden çok kez duymayı umursamayacağım.

Yeni arkadaşlar edindiğinizi, anne olmayan arkadaşlar edindiğinizi bilmekten mutluluk duyuyorum. Ve onlarla süslü, çılgın bir bayanlar gecesi planladığınız için heyecanlıyım. Muhteşem görüneceğinizi söylemeye gerek yok. Ama bekle, giyecek bir şeyin var mı, güzel bir şey mi demek istiyorum? Bunu her dışarı adım attığınızda size soracağım. Ayrıca, siyah elbiseyi bir daha giymemenizi hatırlatacağım. Yeterince kez giydin. Turuncu olana ne dersin, önereceğim. İhtiyacın olursa, sana karın sıkışmış şortumu ödünç vermeyi bile teklif edeceğim. Ayrılmadan hemen önce bana bir selfie göndermeni bekleyeceğim ve geri mesaj atacağım: MÜKEMMEL görünüyorsun! Seni bensiz devam etmeye zorlayacağım ve umarım zaman aşımından zevk alırsın. Ama aynı zamanda, iki yaşındaki çocuğuma bakmak için içeride kaldığım için bana acımayacağınızı, ganimetlerle ya da düz ayakkabılar seçersem ve yüksek topuklu ayakkabılar ve Mojitolar üzerinde uyursam yüz yapmayacağınızı umuyorum.

Rakamları benimle paylaş. Karşılamanız gereken satış hedefleri veya gelen kutunuzdaki cevaplanmamış postaların sayısı olsun. Görüşme için hazırlığınızın iyi olup olmadığını bilmek istiyorum. Terfinizi, yeni işinizi kutlamak için bir pasta pişireceğim. Ancak, son teslim tarihlerini karşılamak veya çift vardiyalı çalışmak için öğünleri atlarsanız endişelenirim. O anda, sana bir spa rezervasyonu yapacağım. Ayrıca sizden daha fazla yeşil çay içmenizi ve meditasyonu da denemenizi rica ediyorum.

Sanırım pek çok insan size iş ve ev arasında nasıl denge kurduğunuzu sormuyor. Belki bazıları size gece vardiyasında çalışmanızı bile söyler, çünkü ilgilenecek çocuklarınız yoktur. Ya da onlara yüzmek ya da şuna ve buna vaktiniz olmadığını söylediğinizde şok içinde

ÇÜNKÜ BIR ANNENIN DUYULMASI GEREKIR.
ÇÜNKÜ BU BIZIM ARAMIZDA, ANNE VE ANNE OLMAYANLAR
ARASINDADIR VE *BIZE* SAYGI DUYUYORUZ.

size bakın. Sonuçta, omzunuzdan sarkan bir bebeğiniz yok. O anda, planlayıcınızı çıkarmanızı ve onlara göstermenizi isteyeceğim. Onları utandırmanızı, anne olmayan statünüz ne olursa olsun, gidecek toplantılarınız, satın alacağınız hediyeler ve yiyecekler, temizlenecek dolaplar, ev sahipliği yapacak akşam yemekleri ve yapacak çağrılarınız olduğunu söylemenizi istiyorum.

Mum ışığında akşam yemekleri, oh onlar özel. Hazır eriştelerin sağlıksız olduğunu kim söyledi? Ne mükemmel bir menü. Yemek pişirmeye takıntılı olmadığınız bir değişiklik için çok mutluyum. Sık sık hepsini nasıl yaptığını merak ediyorum! Yeni tarifler denemek, ebeveynler için sürprizler planlamak, oturma odası için perde satın almak, haftada bir kitap okumak, herkesin doğum günlerini ve yıldönümlerini hatırlamak ve üstüne üstlük bu kadar uzun saatler çalışmak!

Vay, nasıl kız, nasıl? Ve yarın bana işini bıraktığını söylesen bile, şoku ifade etmem. Sırf çocuğunuz yok diye size asla bir iş aramanızı, yemek pişirmenizi ya da resim dersine katılmanızı söylemem. Ama ne zaman mutsuz olduğunu görürsem, işe geri dönmeyi değerlendirmen için seni ikna edeceğim. Değilse, TV izlerken, mum yaparken veya uzun saatler uyurken size bakarak en mutlu olacağım!

Yeğenleriniz ve yeğenleriniz istediğinizden daha erken büyüyecek. Belki de sizinle sık sık buluşmazlar, programlarıyla meşguller. Bir seyahatte, belki de sadece güvenli bir şekilde ulaştıklarını söylemek için ebeveynlerini aramayı başarabilirler. Yakında, onlar için de düğümü bağlama zamanı gelecek. Belki de büyük günlerinin her küçük ayrıntısına dahil olmak isteyeceksiniz. *Lehenga'sının* (gelinliğinin) rengi, kokteylinde servis edilen atıştırmalıklar. Kimin kimi ve nasıl önerdiğini bilmek istersiniz. Belki dışlanmış hissedeceksiniz. Onları sizinki gibi severdiniz, belki de asla onların annesi olmadığınızı unuturdunuz. Bu anlarda, umarım sizi çok sevdiklerini ve kalbinizde de yeterince sevgi olduğunu her zaman hatırlarsınız. Yeğenlerinize ve yeğenlerinize duş almayı seçmeniz, sadece ne kadar harika bir kadın olduğunuzu gösterir. Bir başkasının çocuğunu özverili ve tutkuyla sevmek kolay değildir. Bunu yapıp yapamayacağımdan emin değilim. Önemsediğim şey, içinizdeki bu sevginin asla ölmemesidir. Önemsediğim şey, boğucu soruların ve akılsız suçlamaların sizi küçük, bencil hissettirmesine asla izin vermemenizdir. Önemsediğim şey, size mükemmel, eksiksiz bir kadın, anne olmasanız bile harika bir birey olduğunuzu her söylediğimde, bana *inanmanızdır*.

Yaşlanmaya başladığınızda, belki de geriye dönüp baktığınızda ve sınırsız bir süre boyunca sarılmak için çocuklarla ve torunlarla dolu bir bahçeye sahip olmanın güzel olup olmayacağını merak edeceğiniz bir veya iki an olacaktır. Belki de o zaman komşunuzun oğlunun veya arkadaşınızın kızının size ekmek veya ilaç getirmesini veya süslü bir uygulama aracılığıyla çevrimiçi rezervasyon yapmasını beklemek zorunda kalmazsınız (çocuklar işe yarar). O anlarda, umarım güçlü kalabilirsin. Bir zamanlar aldığınız kararla gurur duyabilmeniz için dua ediyorum. Umarım aynaya bakıp fısıldayabilir ya da bağırabilirsin, ikimiz her zaman YETERLİ olacaktır!

Çünkü, eğer yapmazsan. Kızım, sadece bir bakış, çağrı veya mesaj ve ben ortaya çıkacağım. Senin için bağırmayı ben yapacağım.

Anne olmamayı seçmen benim için önemli değil. Bu sadece çocuklarımın bölünmemiş sevginizi alacağı anlamına geliyor! Aah, bencil ben! Ayrıca, asla bebek bakıcılığı yapmak zorunda kalmayacağım! Bunu yen! Ama dürüst olacağım, inanılmaz çocukluğunuzla ilgili hikayeleri her duyduğumda, çocuklarınız için benzer bir dünyayı yeniden yaratmak isteyebileceğinizi hissettim.

ÇÜNKÜ BIR ANNENIN DUYULMASI GEREKIR.
ÇÜNKÜ BU BIZIM ARAMIZDA, ANNE VE ANNE OLMAYANLAR
ARASINDADIR VE *BIZE* SAYGI DUYUYORUZ.

Tabii ki, senin inanılmaz bir teyze olduğuna bakıyorum ve kendi kendime, oh, ne kadar harika bir anne olacağını düşünüyorum. Ama bunların küçük, aptalca detaylar olduğunu biliyorsunuz. Sanırım bana çocuk sahibi olmaya istekli olmadığını ilk söylediğinde 20 yaşındaydın ve bekardın. Gülümseyerek karşılık vermiştim. Evlendiğinde ve birkaç yıl sonra bana tekrar aynı şeyi söylediğinde, biraz daha gülümsedim, tam bir gülümseme. Gözlerimi kapattım ve senin ve eşinin birlikte yaşlandığını gördüm. Bir bankta oturmak, el ele tutuşmak ve sahilde yürümek. Gülümsedim çünkü kararın sizi ne kadar mutlu ettiğini ve ikinizin birbiriniz için ne kadar harika bir hayat yaratacağınızı görebiliyordum. Partneriyle birlikte bir şeyler yaratmak her zaman heyecan vericidir, ancak her zaman bir bebek olması gerekmez! Bir ev, bir restoran, bir tablo da olabilir! Kararınızın arkasındaki sebep benim için hiçbir zaman önemli değildi. O senindi ve başardığın için mutluydum. Bana bunun bir CEO olmak istediğin için ya da dünyayı dolaşmak istediğin için ya da serserileri temizlemekten hoşlanmadığını ya da sadece *"aynen böyle"* bıraktığını söyleseydin bile, bunun için sözünü alırdım. Çünkü kız arkadaşların yaptığı şey bu!

Anne olmayan statünüz benim için önemli değil. Benim için önemli olan, sizin ve onun bu konuda ortak olduğunuzu bilmek. İkinizin de birlikte aldığı bu kararı savunur ve siz de onun için aynısını yaparsınız. Sarılacak küçük bir kızın olmaması umurumda değil. Umarım ikiniz de sarılırsınız ve iyi uyursunuz.

Ama tüm bunların ortasında, yorulmaya başlayacağım. Facebook zaman tünelimi aşağı kaydırmaya veya TV kanallarını değiştirmeye başlayacağım. İşte o an, hayatınız, gece çıkışlarınız, kilo alımınız, saldırgan teyzeleriniz hakkında küfür etmeyi bırakmanızı istiyorum. Oturup beni sabırla dinlemenizi isteyeceğim, belki de aptal bir gence ya da duyarsız bir yetişkine dönüştüğünüzü söylemek istediğim zamanlar olacak. Belki de bir iş çağrısı, bir kaka uyarısı bahanesiyle kalkıp kapıdan dışarı çıkarım. O anlarda arkanıza yaslanıp biraz fazla ileri gidip gitmediğinizi ve neden brunch için gelemediğimi anlayamadığınızı merak etmenizi isterdim. Böyle zamanlarda makul davranmanız için size güveneceğim.

Her zaman İYİ olmak konusunda size söz veremem. Üzüleceğim, öfkeleneceğim, sabırsız hissedeceğim anlar olacak. Neyin bu kadar önemli olduğunu, neyin bu kadar yanlış olduğunu, neyin böyle olduğunu anlamakta zorlanacağım anlar... blah-blah. Ama çoraplarımı kaldıracağıma söz veriyorum, çünkü en çok önemsediğim şey beni hayatının bir parçası yapman. Ve sen ve ben birlikte büyüdük. Siz anne olmamayı seçerken, ben anne olmayı seçiyorum. Ve kararıma, varlığıma ve rolüme saygı duymanı istiyorum, tıpkı seninkine saygı duyacağıma söz verdiğim gibi.

Orada, şimdi sizden biraz rica ettiğimi söyleyeyim. Kısa tutmaya çalışacağım.

Anne olmayan, sana ayak uydurmak zor, her zaman olacak.

Çünkü, günlüğünüzde her zaman daha fazla film şovu, sadece çiftlere özel partiler ve doğaçlama geziler olacaktır. Çünkü, bagajınızı toplamayı kolay bulacaksınız, belki de sadece bir sırt çantası işe yarar. Çünkü, her zaman önceden yemek planlamak veya akşam yemeği rezervasyonu yaparken saate bakmak zorunda kalmayacaksınız. Ya da işte daha büyük bir role evet demeden önce okul notlarına bakın. Çünkü, iş ve evi dengeleyeceksiniz ve hala bir Salsa dersinde sıkmak veya son dakika PPT yapmak için zamanınız olacak. Çünkü, anne olmayan birinin her zaman ilgilenmesi gereken bir şey daha az olacaktır, çocuklar. Ve umarım bu konuda sizinle asla tartışmak zorunda kalmam.

ÇÜNKÜ BIR ANNENIN DUYULMASI GEREKIR.
ÇÜNKÜ BU BIZIM ARAMIZDA, ANNE VE ANNE OLMAYANLAR
ARASINDADIR VE *BIZE* SAYGI DUYUYORUZ.

Ama bana ayak uydurmak için yeterince çaba göstermeni istiyorum anneciğim.
Öncelikle, anne olmaya karar vermemin nedenlerini bilmenizi istiyorum ve bunlara saygı duymanızı istiyorum. Kendi alanımda olduğum yerde mutlu olduğumu bilmenizi istiyorum. Belki de hayatımda her zaman en çok minnettar olacağım an, her zaman hastanenin önünde suyumun kırıldığı ya da küçük oğlumun uykuya daldığı ya da karnının ağrımayı bıraktığı an olacaktır. İşimden ayrılma seçimimi yeniden düşünmem için beni ikna ettiğiniz için teşekkür ederim çünkü şimdiye kadar geldim ve kazandım. Ama bilmenizi isterim ki, izlemeyi seçtiğim yoldan eminim. İş başlıkları, ikramiyeler umurumda değil. Meslektaşlarımın daha büyük siparişler almasını kıskanmıyorum. Oh, bir dereceye sahip olmak ve evde oturmak için bonker olmalıyım! Zavallı şey, belki de bir hizmetçiyi karşılayamıyorlar, bu yüzden işten ayrılıyor ya da belki de ailesi destekleyici değil. Bu sözler beni rahatsız etmeyecek.

Beni rahatsız edecek olan şey, benden şüphe etmen, kararımı kavrayamaman. Çünkü bir kadın olarak, *geleneksel, zayıf, öngörülebilir* yolu seçtiğim için beni yargılamanızı istemem. Kaşlarınızı kaldırmamanızı veya fanatik annelere şaka yapmamanızı beklerdim. İkimiz de hiçbirimizin bağımsız, hırslı, sosyal olarak aktif veya annelik içgüdüsü olmayan bir yarışma için rekabet etmediği konusunda hemfikiriz.

Eşimin ve benim yaptığımız aileyle HAaaaaPPPPY'yi korkuttuğumuzu bilmenizi istiyorum! Benim için mutlu olmanı istiyorum, ABD.

Evime girdiğinizde ve duş alma şansım olmadığını gördüğünüzde ya da çoraplardan çiçek yapmakla ve duvara kelebekleri çivilemekle meşgul olduğumu gördüğünüzde, bunu takdir etmenizi istiyorum, çünkü hepsi güzel, temiz ve düzenli. Çünkü bunu yapmak için zaman ayırdım. Çocuğumun odası mükemmel çünkü sevdiği şeylerle çevrili büyümesini istiyorum. LEGO kızları veya motosikletleri. Kimse benden bu dünyayı yaratmamı istemedi, yarattım çünkü başka türlü olmazdım.

Beni aradığınızda ve ben bir yürümeye başlayan çocuk-anne fitness dersine gittiğimde veya kendime sabah 9'da *Finding Dory'nin* bir gösterisi için rezervasyon yaptırdığımda, bana "Tadını çıkar!" Günlerimi ve gecelerimi altı yaşındaki çocuğuma uyacak şekilde özelleştirmek zorunda kaldığım için ne kadar şanssız olduğumu söylemeyin. Eğer bir elbiseyle, eski bir elbiseyle ortaya çıkarsam, bana MÜKEMMEL göründüğümü söyle. İnce olduğum için şanslı değilim. Zayıfım çünkü bebeğimin yağını kaybetmek için kendimi bir saat erken uyanmaya zorladım. Belki de eski elbisenin içindeyim, şu anda bana uyan tek elbise bu.

İnsanlara beslenme saatinden önce eve dönmem gerektiğini söylememin ne kadar sinir bozucu olduğunu umursamanızı istiyorum, yoksa yatma zamanının ötesinde olduğu için ofis partisine katılmayacağım. Ve hiçbir akıl yürütmenin nasıl haklı olmadığını. Gelecek ay oğlumun okulunda bir spor gününe katılacağımı veya bir konferansta konuşma yapacağımı ya da kızımın sadece seninle bir Disney şovu izlemek istediğini söylersem, umarım zaman bulabilir ve orada olmak için gerekli ayarlamayı yapabilirsin. Bebeğimin en sevdiği mendilini kaybettiği veya arkadaşının okula gelmediği veya acil bir postaya cevap vermeyi nasıl kaçırdığım için kötü bir gün geçirdiğimi söylemek için sizi aradığımda, umarım sabırlı, dikkati dağılmamış bir dinleyici olabilirsiniz. Keşke bunu önemseyebilseydiniz ve bunu bizim savaşımız olarak görebilseydiniz.

Neden? Çünkü aksini seçmiş olsaydınız, sizin için de aynısını yapardım.

Bir filme git, yüz. Kızım, bunu örtbas ettim. Dünyaya sizden daha

ÇÜNKÜ BIR ANNENIN DUYULMASI GEREKIR.
ÇÜNKÜ BU BIZIM ARAMIZDA, ANNE VE ANNE OLMAYANLAR
ARASINDADIR VE *BIZE* SAYGI DUYUYORUZ.

az olmadığınızı söyleyeceğim. Ama şunu bilmek isterim ki, sen de beni korumuşsun.
Gününüzün *tam olarak* nasıl göründüğünü bilmediğim için asla özür dilemeyeceğim ve özür dilemenizi de beklemiyorum. Hayatını asla tam olarak anlayamayabilirim ve senden de beklemem.

Size suçluluk hissetmeden, anneliğin güzel bir hediye olduğunu söyleyebilmeyi önemsiyorum ve bunun için birçok işi ve kaplıcayı bırakmaya istekli olacağım. Umarım benim de hırslarım ve hedeflerim olduğunu her zaman hatırlayabilirsiniz.

Umarım sen de bir anne olabileceğini hatırlayabilirsin ve ben de sana bu kadar saygı duyar ve severdim. Umarım birisi bana kötü bir anne olduğumu söylerse, çünkü bir dadı tuttum, tam zamanlı çalıştım ya da çocuğumun su şişesini yanlış yerleştirdim. Keşke onlara benim adıma KARİYERİMİN çocuklarımın yetiştirilmesiyle hiçbir ilgisi olmadığını söyleyebilseydiniz. Çünkü, eğer sizi başarılı, çalışmaya adamış olarak etiketleyecek olsaydı, bu kişinin YÜZÜNE yumruk atardım çünkü ÇOCUKLARINIZ yok. Umarım çocuklarımı yetiştirmeye olan bağlılığıma, sevgime ve bağlılığıma işaret ettiklerinde benim için ayağa kalkabilirsiniz. Çocuk sahibi olmanın iyiliği hakkındaki önerilerim, görüşlerim ve tavsiyelerim sizin için hiçbir şey ifade etmeyebilir, çünkü ben sizin yerinizde değilim, ama umarım yine de onları dinlemek için sabrınız vardır. Kariyer basamaklarını tırmanırken ya da dışarıda bir gece geçirmek için oyuncak bebek yaparken bakabilirim ve zayıf anlarımı yaşayabilirim. O anlarda, umarım "Ama, sana söylemiştim..." demek için hızlı değilsinizdir.

Umarım bir gün sen ve ben dünyaya bir kadının başka bir kadını anlayabileceğini gösterebiliriz. Bir anne olarak, nadiren kendimi duyurma şansım oluyor ve umarım bana fikrimi söylemem için dürüst bir şans verebilirsiniz. Umarım endişelerim, görüşlerim, 'Bir anneyle takılmanın berbat olmasının 10 nedeni' veya 'Anne olduğunuzda yapmanız beklenen 10 şey' başlıklı bir blog yazısının altına gömülmez. Çünkü hayat, ikimizin de bildiği gibi, o kadar da anlamsız değildir.

Çünkü sen, dostum, anne olmayan biri olmayı seviyorsun ve kimsenin fikrinin yoluna çıkmasına izin vermedin. Çünkü ben, arkadaşım, anne olmayı seviyorum ve kimsenin fikrinin yoluna çıkmasına izin vermedim.

Annelik dışılığın veya anneliğin yüzeysel detayları hakkında bir S**T vermiyorum. Temel olarak, hem sizin hem de benim, seçimlerimizi yaptığımızın yeterince güçlü, hassas ve farkında olmamızı ve gerçekten başarısız olmamaya, birbirimize saygısızlık etmemeye çalışmamızı önemsiyorum.

Çünkü başarısız olursak, birbirimizi başarısızlığa uğratırız kızım.

Şimdi duracağım, görevlerinize geri dönmeniz gerektiğini biliyorum ve çocuksuz bile hayatın ZORLAYICI olabileceğini biliyorum. Ancak, eşit derecede zorlayıcı ve ödüllendirici hedeflerim, engellerim, nefretlerim ve görevlerim olduğunu bilmenizi isterim.

Beni stres atmaya zorlamayı ve aradığınızda evinizde görünmemi istemeyi hatırlamanızı

> Annelere sıklıkla sorulan soru, hayatlarını bırakıp bırakmadıkları veya yaşam tarzlarını ve çocuklarına bakma seçimlerini değiştirip değiştirmedikleri değil, bunu ne zaman yaptıkları veya neden şimdiye kadar yapmadıklarıdır. Ve ikimizin de bilmesini isterim ki, bir kariyerimizin, bir çocuğumuzun, ya da çocuklarımızın, ya da her ikisinin birden olması ya da aramızda, karı kocanın bunu bırakıp bırakmaması onların işi değildir.

ÇÜNKÜ BIR ANNENIN DUYULMASI GEREKIR.
ÇÜNKÜ BU BIZIM ARAMIZDA, ANNE VE ANNE OLMAYANLAR
ARASINDADIR VE *BIZE* SAYGI DUYUYORUZ.

önemsiyorum. Sadece gülümseyeceğim, bunun yerine, yemekle birlikte benimkine uğrarsan, çünkü o saate kadar çoktan pijamalara dönüşmüş olacağımı tahmin ettin! Ancak, bizim için üzülürsem ve ayrıldığımızı hissedersem, bir konuyu gündeme getireceğim.
Doğumun deniz biyolojisinde bir derece kadar büyük bir kutlamayı hak ettiğini bilmenizi önemsiyorum.

Benden sonra tekrarla: hiçbiri önemli değil.

İkimiz de TAMIZ, durduğumuz yerde.

Hayatının güzel olduğunu biliyorum. Bilin ki benimki de öyle.

Birisine, bazı günlerde dünyaya anne olmamaktan zevk aldığınızı söylemekten bıktığınızı söylemek istediğiniz anlar varsa, o kişinin ben olabileceğini unutmayın. Aynı şekilde, anne olma konusunda coşkulu olduğumda size geleceğim.

İtiraf: Belki de bu iki bölümü de kısaltabilirdim, ama istemedim. Sesimizin duyulmasını istedim kızım.

Sizin için görev: Tam şu anda, kız arkadaşınıza, hem anne hem de anne olmayan, onları sevdiğinizi söylemek için mesaj atın. Daha da iyisi, ikiniz de bir araya geldiğinizde kız arkadaşınızla yapmak istediğiniz şeylerin bir listesini not almak için aşağıdaki alanı kullanın. Listeyi olabildiğince uzun yapın! Her zaman geri dönmeye devam edebilir ve her öğeye katılabilirsiniz.

....

....

....

Çoğunlukla sırları saklarlar.

YEDİ YAŞINDAYKEN, BABAM küçük bir kasabadan bir metropole gönderildi, bu da şimdi daha büyük bir kasabada daha büyük bir okula gideceğim anlamına geliyordu. Hareket için üzüldüğümü hatırlamıyorum, aslında tüm bölüme karşı herhangi bir duygusal tepkim olup olmadığını bile hatırlayamıyorum (bir patlamayı unutun). Annemin, kız kardeşimin ve benim yıllar boyunca özenle topladığımız şeker ve çikolata ambalajlarıyla dolu üç torba taşıma konusundaki şüphelerini dile getirdiği bir nokta dışında gözyaşları yoktu. Gelecekte, bizi bir koleksiyonculuk hobisi geliştirmeye teşvik ettiğinde gerçekten ne demek istediğini anlayacağımız umuduyla bizi memnun etti: pullar, kurutulmuş çiçekler, para birimi, belki.

Ama değişim hakkında hatırladığım şey, bir kız arkadaşına veda etmek.

İkimiz de orada öylece durduk, el ele tutuştuk. Sarılıp sarılmadığımızdan emin değilim ya da sarılmanın bize rahatlık getirebileceğini bile biliyorduk. Uzaklaşmanın gerçekte ne anlama geldiğini bile bilmiyorduk. Evet, aynı sınıfta ve okulda okumayacağız ama belli ki oyun buluşmaları için *buluşacağız*. Benimle aynı boydaydı, kıvırcık saçları iki domuz kuyruğuna bağlıydı ve bana büyüdüğünde doktor olacağını söyledi.

○

Her zaman okul bahçesinde humongous bir ağacın altında oturup öğle yemeğimizi yedik. Her gün, düşmüş iki yaprak bulur ve küçük bir yay yapmak için onları birbirine bağlar ve ağacın altına bırakırdık. *Bu bizim sırrımızdı.* Okuldaki son günümüzde, bu tür birçok yay yaptık ve ben dönene kadar her gün ağacın altına bir tane bırakması için arkadaşımın çantasında güvende tuttuk. Bu bizim *sırrımızdı.*

Sonraki birkaç yıl boyunca birbirimize mektup yazmaya, yayların durumunu kontrol etmeye, sınıf öğretmenleri, tiffin kutuları ve saç tokaları hakkında anlaşılmaz notlar paylaşmaya devam ettik. Her mektupta bir yay çizdik: *sırrımızın* güvende olduğunu söylemenin yolu buydu. On yaşına kadar onu koruduk, sonra aptallığımıza gülmeye başladık. Mektuplarımızın da deşifre edilmesi artık kolaydı, bu yüzden yazmayı bıraktık. Ayrılmaya başlamıştık.

Birbirimize en son yazdığımızda, bir üniversiteye katılmak için evden ayrıldığı zamandı. 16 yaşındaydık. Mutlu olduğunu söyledi. Ve ayrıldık, sır bozulmamış.

Umarım yakında birbirimize yazarız. Onu yakında tekrar görmeyi umuyorum.
O benim ilk arkadaşımdı.

Not: Onunla 2020'de bağlantı kurdum. Beni buldu. Arkadaşlık bizi buldu. Artık birbirimizin WhatsApp kişisindeyiz.

Sonsuza dek kız arkadaşım.

BÜYÜK BİR ŞEHRE taşinmak beraberinde başka bir gelişmeyi de getirdi. Şimdi daha erken uyanıyordum ve kız kardeşiminkinden farklı bir okula gidiyordum. Kalbim kırılmıştı.

Okulum güzeldi. Okulda, ilk gün, yağmur hakkında bir yazı yazdım. Öğretmenim günlüğüne ailem için bir not yazdı. Kelime dağarcığımdan ve gözlemlerimden etkilendiğini söyledi. Yapraklardaki çiğ damlalarından ve su birikintilerine atlayan çocuklardan bahsetmiştim.

Gelecek yıllar boyunca, her sabah, kız kardeşim ve ben dişlerimizi birlikte fırçaladık, aynanın önünde durduk, kıkırdadık. Daha sonra iki farklı üniformaya bürünürdük. Birbirimize su atarak, ağzımızı çalkalayarak ve lavabonun önünde daha fazla yer açmak için birbirimizi iterek, önemli bir gerçeği öğrendim. İkimizin de nerede olacağına, okula ve ötesine bakılmaksızın, kız kardeşim sonsuza dek kız arkadaşım olacaktı.

Güvendeydik. Asla herhangi bir rekabetle karşı karşıya kalmazdı.

Not: Şimdi kız kardeşinize onu sevdiğinizi, onu özlediğinizi söylemek için iyi bir zaman olabilir. Hayatınızın geri kalanında birbirinizle sıkışıp kaldığınız için şanslısınız. Sizsiniz.

Siz ve kız kardeşinizin paylaştığı tuhaflıklar nelerdir? Sadece ikinizin anladığı, komik ve kabul edilebilir buldukları. Bunları aşağıdaki alanda listeleyin.

Manastır eğitimli kız arkadaşlarım.

İYI BIR GÖRGÜ kuralına dönüşmeyen bir MANASTIRA GİTTİM, ancak eteklerimizi daha kısa hale getirmek için katladığımız ve istediğimiz gibi oturduğumuz günlere bir hatırlatma görevi görüyor. Bizi izleyen hiç erkek yoktu. Rahibelere gelince, bizden bıkmışlardı.

Manastır eğitimli statünüz evlilik profillerindeki beceri setinizde en önde görünecektir. Tabii ki, okulda oldukça fazla şey öğreniyorsunuz, ancak mükemmel karı oranınızı yükselten önemli bir şey öğrendiğinizi hatırlayamıyorsunuz.

Manastırdaki son yıllarımda, eğitim daha çok bir giysiye veya gruba sığmaya çalışmakla ilgili hale gelmişti. Bunu yapmadığımız zamanlarda, tuval ayakkabılarımızın daha beyaz görünmesi için tebeşir tozu kalıntılarını ovuşturuyor, "kardeşimiz" okulumuzda düzenlenecek bir tartışma yarışmasından önce ağda ve ağartmaya takıntılı, bir düzine ilahi ve şarkı ezberliyor, okula katılan genç, erkek bir Kimya öğretmeninin söylentilerini yayıyorduk (*hala* Ticaret okudum), görmemizi zorlaştıran spor patlamaları, Güvenlik pimlerini havalı görünen ama bize enfeksiyon veren küpeler olarak takmak, diğer tarafta gerçekte ne olduğunu görmek için duvarlara tırmanmak (rahibeler dış dünyanın ne olduğu hakkında hiçbir fikrimiz olmadığı konusunda ısrar ettiler), aşk kavramımızı mahveden *Sweet Valley High* kitaplarını okumak ve yaz tatilinde ekstra derslere katılmak çünkü yapılacak en iyi şey buydu.

Her şeyi alışılmadık bir şekilde yapmayı bitirdiğimizde, okuldan mezun olduk ve üniversiteye katıldık. Tabii ki, harika genç kadınlar olmak için nasıl büyüdüğümüzden bahseden okul müdüründen karakter sertifikalarıyla ödüllendirildik. Gerçek şu ki, manastır sosyal becerilerimize çok fazla zarar vermişti. Nasıl en zeki, en komik ve en havalı olduğumuzu öğrenmiştik. Ve bu HER NE olursa olsun (ardından ÇOK KOMİK) HER ŞEY'e kabul edilebilir bir cevaptı. Daha da önemlisi, arkadaş edinme konusunda seçici oluruz. Manastır kaynaklı başka bir hasar.

Ayrıca, manastırda saçları ütüyle pürüzsüzleştirmenin hızlı şekillendirmenin *en güvenli* yolu olduğunu öğrendim.

En iyi arkadaşın, hadi ona BFF'n diyelim.

AŞIK OLDUĞUNDA, SENI arayacak ve sana söyleyecektir. İkiniz de haberleri kutlamak için dans edecek, çığlık atacak ve ağlayacaksınız. Evlendiğinde, kocasına sarılma hakkını kazanacaksınız. Bir bebeği olduğunda, onu ilk gören olmak için yarışacaksınız. Hastanedeki bebek kitabına ilk ziyaretçi olarak adınızı yazacaksınız. Birlikte büyümeye devam edeceksiniz, ne kadar yürüdüğünüzün farkında değilsiniz. Birbiriniz hakkında birçok utanç verici hikayeniz olacak. Birbirinizin hayatınızdaki varlığından etkileneceksiniz. O sadece kız arkadaşın değil, bundan daha fazlası. Ona BFF'niz diyelim. Basitçe, kalbimi ısıtan tek kısaltma bu olduğu için, özellikle küçük kızların yüksek sesle söylediklerini duyduğumda. Başka türlü bin *yıllık* veya benzer diller konuşmuyorum.

Ona küçük bir not mu yazacaksınız? Ah, hadi tamamen duygusallaşalım ve sabah ikide bir telefon görüşmesinde ona ne söyleyeceğimizi bırakalım.

....

....

....

....
....
....
....

Not: Özel mansiyon

Kötü kız arkadaşlar, sevdikleriniz ve aileniz sevmiyor.

Onlarla ilk sigaranızı içiyorsunuz, ilk "yetişkin" filmini kiralıyorsunuz ve koçluk derslerine sadece sevimli çocuk gittiği için katılıyorsunuz. İnancınızı şu sözlerle doğrularlar: Hayat diğer tarafta daha yeşildir. Yaşıtlarına göre hareket etmeyenler.

Spagetti vs. Boşanma.

BİR KIZIN VAR, o senin alayın.

Kahvaltıda ne yediğinizi veya bir inç, bir kilo alıp almadığınızı bilmek istemiyor. Mahallenizde sevimli bir oğlan / erkek olup olmadığını bilmekle uzaktan ilgilenebilir, ancak numarasını istemiyor veya onu kontrol etmek istiyor. Ama işler ciddileşirse, ona yakından bakmak için kıtanın dört bir yanından uçacak, gerekirse casusluk da yapacak. Ev değiştirirseniz hayatı rahatsız olmaz, emlakçıların iletişim bilgileri konusunda size yardımcı olmaz veya ağır kutuları yanınızda kaldırmaz. Ancak, bir üniversite gezisinde satın aldığınız perişan, eski ayna paketleme sırasında bozulursa, bunun için üzülecektir. Onu eviniz için çiçek aldığınızı söylemek için aramayın, sizin gibi aklında çok fazla şey var. Küçük konuşmalar için vakti yok. Ona kendin için çiçek aldığını söyle ve zevkle gıcırdamasını izle.

Alt satır: Kasenizdeki spagettiden rahatsız değil. Boşanıp boşanmadığınızı bilmek istiyor.

O daha büyük şeylerle ilgili. Nişanlar, terfiler, evlilikler, boşanmalar, evlilik dışı ilişkiler, hamilelikler gibi. Çiller onun derdi değil, grip de değil. Kayınvalidesiyle ilgili sorun hakkındaki konuşmalar da onu rahatsız etmeyecektir. O sadece ağlayacak bir omuz olmak için etrafta değil, o tuğla. Onu yanlış anlamayın. Seni önemsiyor ama

o

ikinizin de daha küçük şeyler için terlemesini istemiyor.

Eşinizle aranızda her şeyin yolunda olup olmadığını sormak için size mesaj göndermeyecek, eğer bir şeyler doğru olmasaydı, ona bunu söyleyeceğinizi biliyor. Bir aile kurma konusunda akrabalarından aldığınız saçmalıklardan endişe duymuyor, bir bebek isteyip istemediğinizi bilmek istiyor. Çalışma saatlerinizin uzun olduğunu ve işe gidip gelme saatlerinizin daha uzun olduğunu biliyor, ancak işe gitmek için tam olarak ne zaman ayrıldığınızı bilmiyor. İş-yaşam-denge konuşmasıyla da sizi sıkmayacak. Yine de, sizi oturtan ve zamanın doğru olduğunu hissettiğinde sizinle sohbet eden ilk kişi o olacak. Sabah saat 2'de sarhoş değil *"Seni seviyorum"* telefon görüşmeleri. Bunu söylemene ihtiyacı yok. Bunu yaparsanız, yine de bundan mutlu olacaktır. *"Sana geri döneceğim."*

Sen ve o her gün konuşmayacaksınız, bazen ikiniz de bir hafta, iki hafta veya ay boyunca konuşmadan gidersiniz. O meşgul, sen meşgulsün. Mahallenizde, şehrinizde, kasabanızda veya ülkenizde kalmaz. Yine de, başınız büyük belada olduğunda aradığınız kişi odur. Ve katılmaktan mutluluk duyacağını. Hemen.

O senin alayın. O senin kızın.
Birlikte büyüdüğünüz kız olmayabilir. Onu sonsuza dek tanımamış olabilirsin.
Yine de, o senin ruh eşin.
İş, evlilik ve hayat ikinizi de farklı yerlere götürmüş olabilir.
Yine de, o sizin alayınızdır. O sensin.
Sex and the City'nin şu sözlerine inanmanızın nedeni o: "Belki de kız arkadaşlarımız ruh eşlerimizdir ve erkekler sadece eğlenmek için insanlardır."
O senin ruh eşin.

SPAGETTI VS. BOŞANMA.

Not: Birden fazla kızın varsa şanslısın.

Gerçekten öyleyim. Kızlar, kim olduğunuzu biliyorsunuz.

Spagetti yine de çok önemlidir.

KAHVERENGI VE TAM buğday spagetti tartişmalari çok önemlidir, ancak aynı fikirde olacaksınız. Ve bunları diğer kız arkadaşlarınızla, umarım bolca sahip olduklarınızla birlikte alabilirsiniz. Hem zamanları hem de ilgileri olacak. Onlarla belki de her gün işte, mahallede, içki içmek, okul toplantılarında buluşuyorsunuz. Evet, bunlar dans etmeye gittiğiniz arkadaşlarınız, yemek pişirdiğiniz ve çocuklarına şeker aldığınız kişiler. Sık sık gördükleriniz. Mevcut yaşamınız hakkında günceldirler. En küçük detayları bile bilirler. Aşçınızın ve yardımınızın isimleri. En sevdiğiniz sulama deliğinde mutlu saatler. Siz onları seviyorsunuz, onlar da senden hoşlanıyor.

Derinlerde, belli bir yaştan, sahneden sonra, ruh eşleriyle tanışmayı bıraktığınızı, bunun yerine kız arkadaş edinmeye başladığınızı biliyorsunuz. Ve kız arkadaşlara ihtiyacın var. Bir erkek arkadaşa veya kocaya ihtiyacın olandan daha fazlası. Kız arkadaşlar çok önemlidir, kabul edersiniz. Ve onlar özeldir, her biri.

~~Çünkü bir kızın her zaman en az iki kız arkadaşına ihtiyacı vardır: biri dedikodu yapmak ve diğeri hakkında dedikodu yapmak.~~
Çünkü bir kızın birçok kız arkadaşına ihtiyacı vardır, daha çok neşeli. Bir kızın her zaman, her türlü kız arkadaşa ihtiyacı vardır.

Not: Kız arkadaş edinmeyi asla bırakmamanızı öneririm. Şimdiye kadar yapacağınız en iyi yatırım.

Üzgünüm.

KADINLAR OLARAK, ÜZGÜN olmak için eğitildik. Çoğu zaman, kendimi masalara ya da bok saksılarına, kanepelere ya da çöp kutularına çarptığımda, söz konusu nesneden özür dilerim. Tabii ki, nesne gerçek bir insan olduğunda bolca özür dilerim.

Üzgünüm, üzgünüm, üzgünüm. Vurguluyorum.

Özür dilemek için acele ediyorum. Bu, incinen ya da itilen kişinin ben olduğum gerçeğinden bağımsız olarak. Kimse benden özür dilememi istemek zorunda değil. İçime işledi. Bu benim refleks eylemim.

Üzgünüm, ama doğal, kibar ve derhal bana geliyor. Bu benim Tamam'ım, benim İyiliğim.

Elektrik kesintisi. Pardon.
Artıklar? Üzgünüm, kendimi hepsiyle dolduracağım.
Kirli giysiler, perdeler ve çatal bıçak takımı. Çok üzgünüm.
Yağmur yağıyor mu? Aman Tanrım, üzgünüm.

Çocuğunuzun Sosyal Bilimler sınavında kötü bir not. Aşırı pişmiş bir pasta, unuttuğunuz bir doğum günü. Eşiniz bir iş çağrısı aldığında ağlamayı seçen bir yürümeye başlayan çocuk. Habersiz izin alan hizmetçi. Biraz fazla içki içmiş bir eş. Kariyer için, kalp kırıklıkları. Bir saç teli, toz lekesi ve elektrikli süpürgenin emmediği bir kek kırıntısı. Çok sıcak bir yemek, soğumuş bir yemek. Bir çift ütülenmemiş pantolon. Bir tarif aramak zorunda kalmak. Kahve dökmek için. Ertesi gün sizi sersemleten bir gece yarısı sürprizi. Diğeri uyurken bip sesi çıkaran bir telefon. Ekmek, süt ve deterjanın bittiğini hatırlamadığın için. Teslim edilmeyen bir mektup için, taslaklarda yer alan bir e-posta için. Geç kaldığın, erkenden, zamanında olduğun için. Bir kavgaya son vermek, bir başkasının egosuna masaj yapmak.

Üzgünüm, üzgünüm, üzgünüm.

Üzgünüm, aramanızı kaçırdım.
Üzgünüm, onu beslemenin zamanı geldi. Sizler devam ediyorsunuz.
Üzgünüm, filmin ilk bölümünü kaçırdım.

Kadınlar her zaman bir şey ya da diğeri için üzülürler.

Bekar olduğum için. Hamile kalmak için, hamileliğin geç dönemleri için. Şişman olduğun için, yaşlı.
Kullanılabilir olmak, kullanılamamak için. Burun akıntısı için, üzgün bir mide. Bir süreliğine.

Üzgünüm, grip oldum.
Uçuşunuzu kaçırdığınız için çok üzgünüm.
Üzgünüm, size bir konuda yardımcı olabilir miyim?

Tamamen rezerve edilmiş film şovları için. Ekstra tuz için, az şeker için.
Erken uyanmak için. Geç saatlere kadar uyumamak için.
Üzgünüm, ekstra ketçap alabilir miyim?

ÜZGÜNÜM.

Geçen ay, süpermarketteki bir rafta olgunlaşmış domatesler için özür diledim. "Üzgünüm, onu taze bir şeyle değiştirmediler," dedim benimle market alışverişinde olan bir teyzeye.

Üzgünüm, kelime.

Hayır, sempati kazanmak için söylenmemiştir. Kimsenin işimizi yapmasını beklemiyoruz, aslında işimizi birinin yapmasını ya da ailemize bakmasını ya da bize bakmasını istemiyoruz.

Pardon.
Bu bizim söyleme şeklimiz; Üzgünüz, sizin bizden beklentilerinizi ya da bizim beklentilerimizi karşılayamadık.
Bu bizim söyleme şeklimiz: sen rahatla, ben gidip tesisatçıyı arayacağım. Sonra sanat dersinden çocukları alın. Oh, anneni de arayacak. Evet, bir bakkal listesi yapıyorum. Hafta sonu planları, oh, çeteyle görüşecek ve kimin özgür olduğunu görecek.

Geç kalıyorum, üzgünüm. Geri döndüğümde konuşalım mı? Üzgünüz, üzgünüm, en kısa sürede arayacağım.

Çocuklarımızı evde bıraktığımız için üzgünüz. Bir meslektaşımızdan bizim yerimize doldurmasını istediğimiz için üzgünüz.
Ekstra patates kızartması, ikinci bir dilim cheesecake yediğimiz için üzgünüz.
Kanepeyi bir satışta satın alamadığımız için üzgünüz.
Belirli bir elbise bedenine sığmadığımız için üzgünüz.
Ortaklarımızdan mobilyaların tozunu almalarını istediğimiz için üzgünüz.
Bir smoothie'ye ıspanak eklediğimiz için üzgünüz.
Günün sonunda yorgun olduğumuz için üzgünüz.

○

Tabağımızda çok fazla şey olduğu için üzgünüz.
Egzersiz yapmadığımız için, sağlığa *aşırı* takıntılı
olduğumuz için üzgünüz.
Üzgünüz...

Bana inanmıyor musunuz?

Biraz egzersiz yapalım, biraz aktivite yapalım.
Ayakkabılarınızı ve pantolonlarınızı da giyin. Bir
süreliğine dışarı çıkacağız.

Mahallenizde, bir avuç kadın bulma ihtimalinizin
yüksek olduğu bir yer belirleyin. Bir salon, bir
kafe, bir kreş, bir butik, bir bar, bir süpermarket,
bir otopark. Söz konusu yerin merkez noktasını ve
oturmak veya ayakta durmak için bir yer bulun.
Şimdi gözlerinizi kapatın.

Önümüzdeki beş dakika boyunca, etrafımızdaki
kadınların sözlerini dinleyeceğiz (casusluk).

İçmek.

Sürpriz, sürpriz.
Öne çıkacak tek kelime: Üzgünüm.

"Üzgünüm, geç kaldım. Küçük olan uyuyana
kadar beklemek zorunda kaldım. Nasılsın?"
"Kendimi çok kötü hissediyorum, bir süredir
yetişemedik. Benim hatam, özür dilerim."
"Üzgünüm, erkenciyim ama kaşlarımı kimse

Hiç üzülmekten bıkacak mıyız? Üzgünüm, sordum.

ÜZGÜNÜM.

yapabilir mi?"
"Ah, benim için krem yok. Üzgünüm, ama bana bir kahve daha getirebilir misin?"
"Üzgünüm, ama arabanı sola kaydırabilir misin?"
"Üzgünüm, lazımlık eğitimine yeni başladım."
"Kayınvalideleriyle birlikte yaşamakta zorlanıyor. Onun için üzülüyorum."
"Üzgünüm, mutlu saatlerin akşam 8'e kadar açık olduğunu sanıyordum!"
"Üzgünüm, tam bir değişikliğim yok."
"Onun için çok üzüldüm, berbat bir akşam yemeği yüzünden maçı kaçırdı."
"Üzgünüm, ama onu iki dakika izleyebilir misin? Bir paket servis yapacağım."

Yakalandık.

ARADA. SINIR -LARI.
Serin ve serin olmamak. Yargılamak ve yargılanmak. Yukarı bakılmak ve küçümsenmek. Büyümek ve yaşlanmak. Kabul etmek ve beklemek. Kötülükler ve iyi davranışlar. Kimlik ve kriz. Kendimiz olmak ve kendimize karşı dürüst olmak.

Çok kötü yakalandık.
Her dolaşmaya çalıştığımızda, s**t'mizi kaybeder ve daha derin bir çukura geri döneriz.

Sigara içmek istiyoruz ama bunun bizi öldüreceğini biliyoruz. Ancak duman molaları kariyer yapmaya yardımcı olur ve terfi etmek istiyoruz. Ama iyi kızlar sigara içmez. Çok *modern* olmak. Ama *modern* iyidir, değil mi? Erkekler artık *geleneksel* kadınlarla evlenmek istemiyor. Bağımsız, modern kızlar talep görüyor. Ama sadece bakire istiyorlar. Ama sonra, kız arkadaşların sevişmekten çekindiği işler uzun sürmez. Ama sonra, kız arkadaş materyali ve evlilik materyali iki farklı kategoridir. Ayrıca, sigara içmek strese ve kabızlığa yardımcı olur.

Kısa elbiseler giymeyi seviyoruz ama sonra ebeveynler ve politikacılar, kardeşler ve teyzeler bize söylemememiz söylendi. Kısa kıyafetler içindeki kadınlar işte "iyi" iş yapıyorlar. Ama sonra, kadınlar da sarees'te midrifflerini çıplaklaştırırlar. Bu maruz

○

kalma değil midir? Ama o zaman bir ibadet yerine etek giyemez misin? Ya da kayınvalideleriniz şehirdeyken. Saygı göstermeliyiz. Erkekler sırtsız üstlerdeki kadınları sever. Geceleri asla bir çift şort giymeyin. Hiç. Kısa kıyafetli kadınlar suçu teşvik eder. Denimler rahattır. Ayrıca, ne giyip giymeyeceğinize karar verecek olan kişi kimdir?

İçmeyi severiz. Bira kartonları. Yanınızda getirin. Viski de. Tabii ki, şarap ve cin. Bir bira şişesini dişlerinizle açabilir misiniz? *Utanmaz olmayın*. Mutlu saatleri seviyoruz. Ancak teklif tekila çekimlerinde değil. Biz de çekimler yapıyoruz. Ebeveynlerimiz içki içtiğimizi bilmiyorlar, skandala uğrayacaklar. Ama sonra kahve dükkanlarındaki buluşma sahnesi öldü, eylem barlarda. Balık gibi içen bir gelin! Skandal, skandal. Ama sonra oğulları da içiyor. Ayrıca, bira saç durulaması için de iyidir. Erkeklerin aksine, damarlarımızda alkol olmadan dans edebiliriz, bu yüzden yeniden düşünün.

Porno izliyoruz. Kimseye söyleme. Dizüstü bilgisayardaki gizli klasördedir. Bangkok'a yaptığımız son gezide, düşünülemez olanı yaptık. Erkekler neden tüm eğlenceye sahip olmalı? Amsterdam inanılmazdı. Ama "etrafta dolaşmaktan" hoşlanmadık. Biz o tür kızlar değiliz. Ayrıca, eğlence ve gücün sekste yattığını kim söyledi? Ve merhaba, takvime bakın, 2021. Kimsenin umurunda değil, umursamamalı. Kimin zamanı var?

Bekleyin, biz de mürekkeplenmek istiyoruz. Özellikle yoldayken, kabadayıca yemin edin. Ama sonra, yumuşakça, kibarca konuşmamız öğretildi. Düzgün oturun.

Denedik... Sen delirdin mi? Kes sesini. Konuşmayı bırak.

YAKALANDIK.

Mahvolduk.
Çok kafamız karıştı. Yakalandık.
Arada.
İyi kızlar ve kötü kızlar olmak. Ama sonra iyi kızlar kötü erkekleri sever. Kötü erkekler de kötü kızları sever. Ama o zaman kötü erkekler kötü kızlarla evlenmezler. Ama erkekler kızları sever, her türlü. Kızlar da erkekleri sever.

Yakalandık.
Bundan daha iyisini bilmiyoruz. Kimse bize öğretmedi.

Bir bayan gibi düzgün oturun. Yapar mısın? Ve daha iyi kıyafetler giyebilir misin, lütfen? Ne demek istiyorsun, bundan hoşlanıyorsun ve bu senin hayatın?

Hiç söylemeyi, aynı s**t'yi satmayı bırakacak mıyız?

Yağlı T-bölgesi.

SALONDA VE DIŞ hekiminin kliniğinde bir sandalyede oturmak arasında bir seçim yapıldığında, ikincisini herhangi bir gün seçeceğim. Salondaki personel kaba, talepkar. Onlara bir saç spası için gerekli olduğunu fark etmediğinizi söylediğinizde şaşırmış, şok olmuş gibi davranırlar. Diş hekimleri, bir çürüğü tanımlayamadığınızda bu şekilde tepki vermezler. Onlar daha güzel.

Kaşlarımın şekli. Elbise boyutu. Bana en çok yakışan ruj tonu. Nemin saçlarım üzerindeki etkisi. Cildimi parlatan meyveler. Sahip olduğum en iyi yüz. Tırnak boyası ikilemi, hangisinin sadece tek bir kat ile iyi göründüğüne karşı bunun gerçekten çift kata ihtiyacı var. Kendi üst dudağımı geçirerek. Saçımı evde düzleştirici kullanarak kıvırmak. Bir gecede sivilce kurtulmak için ev ilaçları. Kırışıklık karşıtı kremler kullanmaya başlaması gereken yaş.

Evet, bunların hepsini ve daha fazlasını bilmiyorum.

Cildimi, vücudumu veya saç tipimi bilmiyorum.
Belirli bir cevap veremem.
Hangisinin daha iyi yan profilim olduğunu da bilmiyorum.

Ve aynı şeyi bilmeyen birçok kadın da tanıyorum. Tabii ki, ben de bunu yapan birçok kişi tanıyorum. Bu nedenle, konuyu ele alma

ihtiyacı.
Biz, bilmeyenler, bilgi, enformasyon eksikliğimizden rahatız.
(Tıpkı meslektaşlarımız gibi.)
Evet, biz varız.

Hayal kırıklığı için özür dilerim.

Maskara lekelemeden uygulamak. Bronzluğun giderilmesi. Saç için yumurta maskeleri. Cildime en uygun toner. Bunlar benim de bilmediğim birkaç şey, ama evet yağlı bir T bölgem olduğunu biliyorum, bunu nasıl düzeltebilirim?

Evet. Yağlı T-bölgesi. Bu benim hem cevabım hem de bilmediğim ve benden beklenen her şeye kurtarma ifadem. Bunu on yıl önce salondaki bir bayandan öğrendim: "Çoğu kadın yağlı T bölgesine sahiptir." Üzerimde öyle bir etki bıraktı ki, her zaman ona bağlı kalmaya karar verdim.

Siz de (rasgele) bu kelimeleri etrafa atmayı denemelisiniz. Bayanlar departmanındaki hemen hemen her şeyden kurtulacaksınız.

Not: Yatak çarşafları mükemmel bir dikdörtgen olarak nasıl katlanır? Bir sonraki dönemimin kesin tarihi (Bekle, bunu bilen var mı?). Neden patronumdan nefret ediyorum? Buruşuk pantolon nasıl ütülenir? Hayalimdeki düğün *lehengasının* rengi. Uzaylılar gerçek mi? Lahana cipsi nasıl yapılır? Sütyenimi kaç kez yıkadığımı? Penguenlerin dizleri var mı? Birçok, BİRÇOK departmanda olduğu gibi başka pek çok şey de bilmiyorum. PARDON.

Geri dönüşü olmayan nokta. Hadi #beginagain.

BAŞLADIĞIMIZ ZAMAN, SANA acı çektirme niyetimi benimle paylaştım. Bunu samimiyetle gerçekleştirmek için çalıştım ve sadece başarılı olduğumu umuyorum. Kitapları geriye doğru okuyan nadir ve özel okuyuculardan biriyseniz, gemiye hoş geldiniz. Hayır, çok geç kalmadın. Burada spoiler uyarısı veya gizemli katilin adı yok. Çünkü biz kadınlar, *hala* başladığımız zamanki kadar şaşkın ve eğleniyoruz.

Büyüdük, evet, bu yüzden şimdi aynı s**t'yi kızlarımıza, torunlarımıza, kardeşlerimize, kuzenlerimize, meslektaşlarımıza anlatıyoruz ve satıyoruz ...

Çok az şey değişti. Gibi.

Yuvarlak *chapatis'i* yapma baskısı mevcut olsa da, görevi yerine getirmemiz için bize bir roti yapıcı verildi. Küçük kızlarımıza hala Barbie bebekleri hediye ederken, LEGO kızları da satın alıyoruz ve Barbie de STEM ile ilgili kariyerleri araştırıyor. Birkaçımız DJ konsollarının arkasında ve / veya savaş uçaklarında bir yer edinmiş olsak da, işe geç kalmak, eve olabildiğince çabuk acele etmek için endişelenmeye devam ediyoruz.

o

Ve birkaç şey olmadı.

İş sırlarımızı ve aile dengesini açıklamamız isteniyor. Kariyer basamaklarını erkekler kadar hızlı bir şekilde nasıl yükselteceğinize ve yine de mükemmel çocuklar yetiştireceğinize dair makalelerle beslenmek. Hala lekeli kohl için çözümler arıyoruz, BB kremlerinin ve kapatıcıların nasıl uygulanacağı konusunda ustalıyoruz. Ağda, yemek pişirme, besleme, tarama, servis, hoşnutluk ve temizlik başta olmak üzere sorumluluğumuz olmaya devam etmektedir.

Evet, bin milyon adım yürüdük. Savaşlar yürüttük, tartışmalara girdik ve mitinglere öncülük ettik. Elsa'nın (*Dondurulmuş* ünlü) pembe yerine mavi bir elbise giydiğini gördük. Ayrıca *feminist* arkadaşlarımız ne yaparlarsa yapsınlar iyi iş çıkarıyorlar. Bize aslında süper kahramanlar, süper kadınlar ve süper anneler olduğumuz söylendi.

Ama ilerledik mi? Daha iyisini biliyor muyuz?
Bilmiyorum.

Evet, yürüyüş bizi oldukça meşgul etti. Doğru hatırlayabiliyorsam, on birinci doğum günümde "kadın olmak" için formu doldurdum, yoksa on ikinci miydi? Ve o zamandan beri beni meşgul etti, o kadar ki düşünmek veya not almak için gerçek zamanım olmadı.

13, 15, 30 ya da 34 yaşında bir kız, bir hanımefendi, bir kadın olmaya hazır mıydım?
Bilmiyorum. Ama dünya kadınlığımı kucaklamaya hazır olduğundan, karşılık vermek zorunda kaldım.
Ben de öyle yaptım.

GERI DÖNÜŞÜ OLMAYAN NOKTA. HADI #BEGINAGAIN.

Bundan sonra geri dönüş noktası olmayacağını çok az biliyordum? Hala aynı anda birçok adım yürüyorum.

Bugün bir olmaya hazır mıyım?
Bilmiyorum.

Hoş geldiniz ya da hoş karşılanmayan, kaçış yok.

Kadın olmak elbette eğlenceli ama aynı zamanda oldukça zor, çok fazla çalışma gerektiriyor. Uyulması gereken çok fazla kural, memnun edilecek insanlar, giyinme yolları ve oynanacak roller var.

Yarın biri olmaya hazır olacak mıyım?
Bilmiyorum.

Ama işte bildiklerim. Yaptığım her şeyde oldukça iyi bir iş yapıyorum. Bu yüzden devam etmeye karar vermiş olsam da, yürürken beklentileri, kalıpları, varsayımları değiştirmek için kendime izin veriyorum.

Öncelikle, fırını doğru zamanda kapatmayı unuttuğum ve işten dönerken deterjan almayı hatırlamadığım için kendimi affedeceğim.

Vay. Şimdi bu göğsümden çıktığına göre, kendimle kalpten kalbe sahip olacağım ve benden bana küçük bir not karalayacağım. Dilerseniz benim notumu da sizinki gibi kullanabilirsiniz.

Yemin etme ve #beginagain zamanı.
Bu sefer daha iyisini yapacak mıyız? Bilmiyorum.

Her neyse, olur mu?

o

Not: Birkaç ay önce bu çalışmanın temasını birkaç erkek arkadaşımla, meslektaşımla, tanıdıklamla ve diğerleriyle paylaştığımda, seks hakkında konuşup konuşmayacağımı merak ediyorlardı: flörtöz, rahat, evlilik, vb. sadece birkaç konuydu (bekaret, alçak kot çiftleri, derin boyunlu bluzlar, maaş farkı, vb.) hakkında okumak istediler. Onlara, sizi hayal kırıklığına uğrattığım için üzgünüm. Neden? Fikri çöpe attım, kişisel bir şey değil. Ayrıca, birçok kişi (erkekler ve kadınlar) bu çalışmanın erkeklere saldırmayı içereceğini varsayıyordu. Sizi de hayal kırıklığına uğrattığım için üzgünüm. Yine, burası yer değil ve fikrin yanı sıra yeterince heyecan verici değil.

Yaparım.

SELAM.

Seni her gün görüyorum.
Topuklu ayakkabılarda, spor *ayakkabılarda, chappallerde.*
Sarees'te, mahsul üstleri, denimler.
Pantolonlarda, bikinlerde, eteklerde.
Öğle yemeği kutularını paketlemek, yiyecek satın almak.
İşe giderken, patlak lastikleri tamir ederken.
Çamaşırları toplamak, mobilyaların tozunu almak.
Çocuklarınızı sevmek, ailenizi beslemek.
Dağlara tırmanmak, projelere öncülük etmek.
Müzik yaratmak, rekor kırmak.
Komutan mitingler, lider ülkeler.
Mentorluk, ilham verme, öğrenme.

Seni her gün görüyorum.
Salonda, barda, pub'da.
Otobüs durağında, alışveriş merkezinde, uçakta.
Asansörde, parkta, restoranda.
Ofiste, mutfakta, spor salonunda.

Seni her gün görüyorum.
İç çektiğini görüyorum. Ve gülümsediğini görüyorum.

Eski bir sevgili için her gözyaşıyla.
Her yenilgiyle galibiyete dönüştünüz.
Sevgiyle hazırladığınız her yemekte.
Her hayır ile bu bir evet olarak kabul edildi.
Sevilen birinden gelen her sarılmayla.
Bir başarı elde eden ilk kadından bahseden her başlıkla.
Pişirilen ancak layık görülmeyen her yemekte.
Ayarladığınız her kayıtla.
Kaybedilen her santim ile pound kazandı.
Beklentilerle, kalıplarla.

Yorgun düştüğünü, bıktığını görüyorum.
Heyecanlandığını, daha fazlası için özlem duyduğunu görüyorum.

Seni her gün görüyorum.
Kız kardeş, kız, eş, anne, teyze olmak.
Arkadaş, meslektaş, kıdemli, girişimci olmak.

Seni her gün görüyorum.
Ve her zaman biri ya da bir şey olmanın nasıl hissettirdiğini merak ediyorum.
Ve kadın olmak hakkında ne hissettiğini merak ediyorum.
Ve merak ediyorum, onu nasıl çıkarırsınız, bir arada tutarsınız?

Henüz orada mısın?
Olmanız beklenen ve olmanız gereken ya da olmak istediğiniz kadın oldunuz mu?

Merak ediyorum.
Zamanda geriye gidebilseydiniz işleri farklı yapar mıydınız?
Cinsiyet değiştirmeyi mi tercih edersini?

YAPARIM.

Başka bir renk tonu giymiş olsaydınız, mavi deyin hala çizgide yürüyebilir miydiniz?
Nasıl yemek pişireceğinizi, bir bebek bezini nasıl değiştireceğinizi veya bir PPT yapacağınızı bilmeseydiniz kendinizi daha az sever miydiniz?

Merak ediyorum.
Bazen evlenmeseydiniz, çocuğunuz olmasaydı hayatın nasıl olabileceğini düşünüyor musunuz?
Bir pizza sipariş ettiğinizde kendinizi suçlu hissediyor musunuz?
Bisiklete biniyor musunuz?
Dünyanın size bakışını seviyor musunuz?
Sizi tanımlamak için kullanılan etiketleri beğendiniz mi? Bekar, iplikçi, eş, anne, dul. Şişman, yaşlı, karanlık, adil, geleneksel, modern.
Hiç kadınca davranmadığınızı söyleyen bir erkeğe veya bir kadına yumruk attınız mı?

Merak ediyorum.
Senaryonuzu yeniden yazacak olsaydınız, farklı bir şekilde yazar mıydınız?
Ve geri kalanımız için herhangi bir tavsiyeniz var mı?

Ve sonra, iç çektiğini ve tekrar gülümsediğini görüyorum.

Bu kez, hikayenizi yemek alanında, yanımdaki masada bir arkadaşınızla paylaştığınızı duyuyorum.
Sinema bileti almak için kuyrukta arkanızda dururken sizi izliyorum.
Sen benimkini sollayıp fermuarla uzaklaşırken arabana korna çalıyorum.

Seni dinliyorum. Özümsüyorum.
Casusluk yapıyorum.
Hikayeni anlıyorum.
Bazen olmanın nasıl bu kadar zor olduğunu anlıyorum, sadece olmak.
Bazen olmanın ne kadar güzel olduğunu anlıyorum, sadece olmak.

Kadın, sana hayranım ve tapıyorum.
Devam ettiğini görüyorum.
Etrafınızdaki dünyanın değiştiğini görüyorum.
Uyum sağladığınızı, ayarladığınızı ve kabul ettiğinizi görüyorum.

Etrafıma bakıyorum ve birçoğunun en küçük ve en büyük engellerden vazgeçtiğini görüyorum.
Ve sonra, her korkuyu, her engeli yendiğinizi görüyorum. Bir kavga çıkardığınızı görüyorum, barış getirdiğinizi görüyorum.

Ve sana aşık olduğumu fark ediyorum. Ve umarım bunu size bildirmek için çok geç değildir.
Ve hayatımın geri kalanını seninle geçirmek istediğimin farkındayım.
Ve başka türlü olmazdı.
Ve sadece umutsuzca aşık kalabileceğimizi umuyorum. Ebediyen.
Evet, seninle yaşlanmak istiyorum.

Bu yüzden yeminlerimi yazıyorum.

Seni ruh eşim olarak kabul ediyorum, sevgide ve dostlukta, güçte ve zayıflıkta, başarıda ve hayal kırıklığında, seni bugün, yarın ve yaşayacağım sürece sadakatle sevmek için. Sizi teselli edeceğime, onurlandıracağıma söz veriyorum. Ayrıca sizi kayıtsız şartsız seveceğime ve hedeflerinize ulaşmanız, sizinle birlikte gülmeniz ve

YAPARIM.

ağlamanız, zihninizde ve ruhunuzda sizinle birlikte büyümeniz, her zaman açık ve dürüst olmanız için sizi teşvik edeceğime söz veriyorum. Hiç şüphem olursa, sana olan bu sevgiyi hatırlamak için, çantamda taşıdığım aynaya bakacağıma söz veriyorum. Ve bu yeminleri yüksek sesle söyleyin:

Seni arkadaşım, ortağım ve aşkım olarak görüyorum.
Seni senin gibi kabul ediyorum.

Yaparım.

Ve umarım sen de *öyle yaparsın.*

Devam etmek için, size doğru.

Teşekkür

MUHTEMELEN SAYFALARDAKI TÜM bu sözlerle merak ediyorsunuzdur ve ben de durmadan kız tugayımın üzerine fışkırıyorum, söyleyecek daha fazla teşekkür sözüm kaldı mı? Yaparım. Şükran notları yazmayı seviyorum ve beni 2020'den ve şimdi 2021'den geçiren şey buydu.

Bu kitap, ilk iki başlığımın edebi bölümlerin altına konduğu, bundan tamamen farklı bir doğaya sahip duyguları (hormonları değil) harekete geçirdiği bir zamanda geliyor. Bunu neden yazdım? Her zaman olduğu gibi, kelimeleri ben seçmiyorum, kitaplar beni seçiyor. Yani, evet, *O* beni seçti. Sadece boyun eğdim.

Senaryo beni bir masal çevirmeye zorladı, bu da beni tüm kız arkadaşlarımı ve erkek arkadaşlarımı kaybetme riskiyle karşı karşıya bıraktı. Tanıdık bir anekdotla karşılaşırsanız ve şöyle düşünürseniz şaşırmayın: "Ah, bu benim başıma geldi," çünkü büyük olasılıkla sizden bahsediyorum. Sağduyulu olmaya çalıştım ama birçok noktada başarısız oldum. Kız arkadaşlarıma, teşekkür ederim. Kitapta nerede göründüğünü ve seninle, bizim hakkımızda ne hissettiğimi biliyorsun. Seni seviyorum, nokta.

Özellikle hatırlamayabilecek iki kadına, ama Nasrin Modak Sıddıki, ilk beta okuyucularımdan biriydiniz ve Fiona Patz, bu küfürcünün ham versiyonunu elediğiniz için.

TEŞEKKÜR

Hafızam beni başarısızlığa uğratıyor, ama birçoğunuzu burada zor bir duruma soktuğumu varsayıyorum: senaryoyu okumak ve deneyimlerinizden ödünç almama izin vermek. Macerasız varlığıma bilgeliğinizin bir parçasını da ekledim. Başımın üstünde birkaç isim: Rita Mehta, benim BFF'm, aşkınız için. Anne Cherian, zamansız çağrıların ve kitaplarımı tanıdığın herkese hediye etme çabaların olmadan hayat tamamlanmadı. Sherry Dang Briet, tüm sözlerimi sahneye taşımak için her zaman gönüllü olduğum için ve tüm şarap için. Sudha Bhatia, beni bir ruh eşiyle tanışmak için asla geç olmadığına inandırdığı ve mor renge olan takıntımı paylaştığı için.

Bu başlık için harika editörüm Isvi Mishra'ya (Kıdemli Editör, Ukiyoto Yayıncılık). Sözleriniz için, "Okuyucularınıza idealist bir umut pompalamak yerine, kitabınız kadınların hissetmek ve görülmek istedikleri ile gerçekçi bir şekilde nasıl başarabilecekleri arasındaki çizgiyi çiziyor. Kitap, bir ablanın denemeleri, sıkıntıları ve tavsiyeleri gibi, tam da kadınların okumak istediği şeyleri okuyor! Çok takdir ediyorum!" Isvi'ye göre, umarım ben kötü kız kardeş değilimdir ve daha fazla istenmeyen tavsiye için bana geri dönersin. Ayrıca, sizinle gerçek dünyada buluşmayı dört gözle bekliyorum.

Halka açık bir platformda aileye teşekkür etmenin büyük bir hayranı değilim, ancak klişelerle zor bir ilişkim var, bu yüzden onlara hızlı bir teşekkür ederim. Vishal'a, "o"ya. Çünkü, bu kitaptaki 40.000 kelimeye verilen tek kelimelik yanıt, "Güzel" sıfatı. Ve bir "yazar" ile yaşamaya gelen diğer her şey için. Cevaplarımızı bulduk, öyle görünüyor. Prachi'ye, bir kız kardeş için dua ettiği için. Dualarınızın cevaplandığı için üzgün değilim. Yazdığım her şeyi okuduğum için. Tüm saçma kıyafetleri satın almak için yapmanı öneririm. Telefonda daha fazla fışkıracağım. Mumyababaya. Sadece çünkü. Sana teşekkür etmek için bir nedene, ana, güne veya kitaba ihtiyacım yok. Seni seviyorum.

Şimdi, izin verirseniz, imzalamadan hemen önce, kadın olmak hakkında birkaç (daha fazla) dakika konuşmak istiyorum. Varlığıma aşığım ve pozisyonumu kimseyle, bir kız arkadaşımla veya bir erkek arkadaşımla takas etmeyeceğim. Minnettar mıyım? Ah evet. Yorgun muyum? Evet. Daha mı akıllıyım? Hayır. Daha iyi bildiğim izlenimi altında yanıma gelen kadınlara ne diyeceğimi bilmiyorum. Pes etmeye hazır mıyım? Hayır.

Sevmek, bize.

www.ingramcontent.com/pod-product-compliance
Lightning Source LLC
LaVergne TN
LVHW041931070526
838199LV00051BA/2777